W0278769

Italien und Weihnachten – ein weites Feld, bunt leuchtend und vielfältig: Da gibt es das Christkind (*gesù bambino*), das Konkurrenz im Weihnachtsmann (*babbo natale*) hat, der eigentlich in den Norden gehört, und dann die Heiligen Drei Könige, die aber in Gestalt einer Hexe (*befana*) auftreten.

Und entsprechend erfindungs- und phantasiereich sind die Geschichten. Eine der schönsten handelt von einem Bettler, der mit Gott gesprochen hat: Mit dem Paradies sei es vorbei. Das hatten wir schon befürchtet.

Italienische
Weihnachten

Die schönsten Geschichten,
gesammelt von Klaus Wagenbach

Verlag Klaus Wagenbach Berlin

Inhalt

Ermanno Cavazzoni
Die Heiligen Drei Könige 7

Andrea Camilleri
Und das Rentier nahm den Weihnachtsmann auf die Hörner 12

Laura Mancinelli
Die Inselmusik 15

Luigi Malerba
Gold, Weihrauch und Myrrhe 28

Luciano De Crescenzo
Krippenliebhaber und Baumliebhaber 38

Sebastiano Vassalli
Der Weihnachtsroboter 44

Giorgio Manganelli
Die Krippe 46

Natalia Ginzburg
Winter in den Abruzzen 51

Leonardo Sciascia
Weihnachten im Schnee 58

Franco Stelzer
Das erste Weihnachten ohne meine Mutter 62

Alberto Moravia
Der Weihnachtstruthahn 72

Stefano Benni
Weihnachten 1955 79

Dino Buzzati
Das seltsame Weihnachtsfest des Mr. Scrooge 84

Italo Calvino
Die Kinder des Weihnachtsmanns 92

Vitaliano Brancati
Ein ›fortschrittlicher Mann‹ bei der Mitternachtsmesse 104

Mario Soldati
Täuschung und Gewißheit 111

Gianni Celati
Mit dem Paradies ist es vorbei 116

Zu den Autoren und Quellen 137

Ermanno Cavazzoni

Die Heiligen Drei Könige

Viele behaupten, Christus sei ein außerirdisches Wesen. Das behauptete auch Raffaello Pelagatti sein Leben lang, das heißt von achtzehn bis ungefähr fünfzig, denn mit fünfzig starb er. Dies ist ein Beispiel dafür, daß eine simple, aus der Luft gegriffene Idee einem Menschen das ganze Leben vergällen kann.

Nach seiner Meinung also war Christus ein Außerirdischer, der in der Heiligen Nacht wahrscheinlich aus einer Rakete herunterfiel, oder ein unehelicher Außerirdischer, der von drei Killern ausgesetzt wurde, die einem Raumschiff entstiegen und wie die Heiligen Drei Könige angezogen waren. Die Heiligen Drei Könige sollen dann wieder an Bord zurückgekehrt sein; man hat auch nie wieder etwas von ihnen gehört.

Über alles andere war er bereit zu diskutieren und Kompromisse zu machen, nur nicht über die Heiligen Drei Könige, Christus sei dann, so sagte er, in gewissem Sinne verbürgerlicht. Da sie ihn im zartesten Kindesalter ausgesetzt hätten, sei er einer von uns geworden, während die Heiligen Drei Könige, vom Standpunkt der Reinheit ihrer Rasse aus betrachtet, viel wichtiger wären als er. Und man müßte eigentlich auch nachforschen, ob sie nicht noch andere Male auf die Erde gekommen seien, um etwas abzuwerfen, und ob sie womöglich immer noch gelegentlich herunterkämen.

Das Problem war aber, das alles auf irgendeine Weise mit dem Marxismus in Einklang zu bringen, denn Pelagatti war ein gläubiger Marxist; er selbst erblickte in diesem Einklang nichts Störendes. Doch hatte er sein Leben lang mit Unverständnis und Polemiken zu kämpfen. Daß die Marxisten sagten, es handle sich bei den Heiligen Drei Königen nur um einen Überbau, verstimmte ihn sehr, und er versuchte, völlig irrational, insbesondere den Theoretikern und den strengsten Orthodoxen seiner Partei mit Fausthieben zu antworten. Zu den Marxisten sagte er, letzten Endes sei er ja auch Atheist, und ein Raumschiff stehe doch nicht in Widerspruch zum Marxismus, sondern mache ihn ganz im Gegenteil auch in der Etappe hinter der Sternenfront bekannt. Der größte Einspruch, der gewöhnlich laut wurde, betraf die Anwesenheit der drei Kamele. »Wieso«, fragte ihn der Zellensekretär, »wieso kommen die Drei Könige auf Kamelen und nicht auf Raketen?« Er antwortete darauf, der Kommunismus habe Vorurteile gegen ungerechtfertigte Kamele; und was sie überhaupt über die außerirdischen Antriebssysteme wüßten? Das geschah in den Jahren der starken politischen Intoleranz, in denen man sich strikt an Marx und Engels hielt und daher ohne viel Federlesen handgemein wurde, um festzulegen, wer im Recht war und wer im Unrecht. 1952 wurde Pelagatti ein Arm gebrochen, der linke; nur wenige Monate später brach er einem Geistlichen den Arm. Es kam so weit, daß er alles, was ihm die Marxisten im Parteilokal antaten, sofort den Pfaffen antat. Es war eine Art psychologischer Ausgleich, auch dies eine Frucht des Zeitgeistes, als wären die Geistlichen eigens dazu da, damit die Marxisten ihre Neurosen an ihnen austoben könnten. Die Verteidigung seiner Theorie von den Heiligen Drei Königen kostete ihn auch einige Zähne; aber gewöhnlich warfen ihn schon nach dem ersten Wortwechsel der Ausschußvorsitzende und der Parteisekretär persönlich zu Boden und hielten ihn fest, während er, Pelagatti, sich loswand und, wenn er konnte, blindlings mit Fäusten und Füßen um sich schlug. Aber es waren ziemlich viele gegen einen, und am Ende gelang es ihnen, die Oberhand zu gewinnen und ihn zum Schweigen zu bringen und dann zur Tagesordnung ihrer politischen Versammlung überzugehen; so suchte Pelagatti tags darauf wutentbrannt nach Pfaffen; ein einziger reichte ihm, dann ging seine Rechnung wieder auf. »Die Heiligen Drei Könige reisten auf Raketen«, sagte er. Der Pfaffe hatte gewöhnlich Angst, und wenn er so etwas hörte, versuchte er sofort, sich aus dem Staub zu machen, denn Pelagatti hatte sich als eingeschworener Pfaffenfeind schon einen Namen gemacht. Pelagatti verlangte eine theologische Diskussion, die aber schon zu Ende war, bevor sie begann, denn er sah dem Pfaffen eine konformistische und reaktionäre Vorstellung von den Heiligen Drei Königen schon am Gesicht an. Manchmal verschanzte sich der Pfaffe im Beichtstuhl, und Pelagatti verhörte ihn von draußen: »Wer sind die Heiligen Drei Könige?« schrie er, und man hörte, wie er mit den Fäusten gegen das Holz schlug, um den anderen aus seiner Höhle hervorzulocken. War der Geistliche allein, das muß man sagen, wurde er von Pelagatti überwältigt, denn ein Beichtstuhl ist aus dünnem Holz; aber der Klerus ist selten isoliert, so kam immer sofort verschiedenerlei Verstärkung herbeigeeilt, Küster oder Gläubige, und Pelagatti machte einen kleinen Rückzieher. »Ich will wissen«, sagte er, »warum ihr schon allein die

Möglichkeit eines Raumschiffes ablehnt.« Man wußte, daß Pelagatti Marxist war, und das schuf Barrieren. Daher blieb Pelagatti sein Lebtag isoliert; oft wurde er auf die Polizei gebracht, und seine politische Identität machte Krisen durch, in denen er entweder hartnäckig schwieg oder von Raketenmotoren und Kamelen aus dem Morgenland faselte.

Gegen 1960 geschah etwas Merkwürdiges; bei einem seiner Ausfälle ins Lager der Pfaffen stieß Pelagatti auf einen, der ihn, so kann man sagen, zu guter Letzt kurierte. Und es ist noch merkwürdiger, beinahe eine Ironie des Schicksals, daß dieser Geistliche Don Pelacani* hieß. Don Pelacani war ein Vorstadtpfarrer, jedoch, da in vorgerücktem Alter, schon vom Gottesdienst befreit; er war ein starker Raucher und hatte folgende Theorie: Den Marx und den Engels hatten sich nach seiner Meinung die Marxisten selbst erfunden, es hatte die beiden in Wirklichkeit nie gegeben; das sehe man schon an ihren Portraits, sagte er, denn sie hätten falsche Bärte, wahrscheinlich ausgeliehene. Zwei x-beliebige unbekannte Marxisten, wahrscheinlich Brüder, hätten sie vermutlich an einem vergnügten Tag mit anderen Marxisten zusammen erfunden. Nach seiner Meinung hatten sie sich die Bärte angeklebt und sich beim Fotografen als Marx und Engels vorgestellt. Und da das der ganzen marxistischen Bewegung zugute kam, werden seither die beiden Portraits auf allen Umzügen mitgetragen und vorgezeigt, auch wenn die Bärte ganz offensichtlich falsch sind, angeklebt oder mit einer Kordel festgemacht, und es ganz

* Pelacani ist im wörtlichen Sinne einer, der den Hunden das Fell abzieht; Pelagatti macht dasselbe bei den Katzen; außerdem meint man mit Pelagatti einen Gauner und mit Pelacani einen Rüpel. (A. d. Ü.)

offensichtlich zwei Brüder oder eineiige Zwillinge sind, die hinter dem Pseudonym Marx und Engels stecken.

Don Pelacani ging mit Pelagatti spazieren, und sie waren immer friedlich; sie diskutierten entweder über die Heiligen Drei Könige oder über Marx und Engels, aber keiner mischte sich in die These des anderen ein; es bestand ein stillschweigendes Übereinkommen, das Zuständigkeitsgebiet des anderen demokratisch zu respektieren. Man sah sie oft schweigend auf einer Bank sitzen. Lachen muß man nur darüber, daß der eine Pelagatti und der andere Don Pelacani hieß, aber sie lebten in Varese, mindestens bis 1965.

Andrea Camilleri

Und das Rentier nahm den Weihnachtsmann auf die Hörner

✶

Der vierzigjährige James Emery aus Belleforche in South Dakota lebt offenbar in dem festen Glauben, ein waschechter Weihnachtsmann zu sein. Nun tauchen ja, wenn es auf den 25. Dezember zugeht, zwischen den Vereinigten Staaten und Canicattì Zehntausende von Weihnachtsmännern auf. Allerdings handelt es sich bei ihnen sozusagen um Reserveweihnachtsmänner. Sie schlüpfen für ein paar Tage in die Uniform und ermuntern die Kinder, sich beschenken zu lassen, aber wenn das Fest vorbei ist, ziehen sie die Uniform wieder aus und kehren in ihren Zivilberuf zurück. Nicht so Emery, der als Profi im Dauereinsatz ist. So wird berichtet, daß er 1975 beim Nationalfeiertag am 4. Juli den ersten Preis für den schönsten Festwagen gewann. Und wissen Sie, wie er gekleidet war? Als Weihnachtsmann. Am 4. Juli! Wir sind zwar in South Dakota, aber Juli ist Juli! Er hätte eine Tapferkeitsmedaille verdient, weil er den Mut hatte, in dieser Bruthitze Klamotten für Schneewetter zu tragen!

James Emery besaß drei Rentiere, ein Männchen und zwei Weibchen. Was wäre er auch sonst für ein Weihnachtsmann gewesen? Nur zweitklassige oder Amateurweihnachtsmänner können es sich erlauben, mit einem Auto oder einem Mofa durch die Gegend zu fahren. Selbstverständlich kümmerte sich Mister Emery gewissenhaft um seine Rentiere, er ließ es ihnen an nichts fehlen und fütterte sie mit Leckerbissen. Doch ganz besonders schlug James' Herz für eine der beiden Rentierdamen, mit der er zwar auch nicht mehr schmuste als mit den beiden anderen, doch einem wachsamen Auge entging die zärtliche Zuneigung nicht. Und das wachsamste Auge hatte natürlich Casper, das einzige Männchen des Trios. Die Brunftzeit kam, in der die Männchen launisch werden und beim geringsten Anlaß in Wut geraten. Als James eines Tages einer von Caspers Frauen ein bißchen zu lange die Schnauze streichelte, ging Casper auf den Weihnachtsmann los und nahm ihn aufs Geweih. Wer buhlen will, muß leiden viel (das Sprichwort habe ich gerade erfunden).

Der arme James versuchte vergeblich, sich aus dem Hörnergezweig zu befreien – ohne Erfolg, je mehr er sich wand, desto mehr verfing er sich darin. Er mußte um Hilfe rufen und schämte sich zu Tode. So eine Blamage, als Weihnachtsmann von einem Rentier aufs Geweih genommen zu werden, damit war man auf Lebenszeit disqualifiziert. Schließlich kam jemand angelaufen und versuchte ihm zu helfen. Nichts zu wollen. Noch mehr Leute kamen herbei, und endlich fand man eine echt amerikanische Lösung: Ein Lasso wurde Casper ums Geweih geschlungen, und er mußte die Waffen strecken (im wahrsten Sinne des Wortes).

Doch die Geschichte hat ein trauriges und, wie mir scheint, auch erzieherisches Nachspiel. Während James, als wäre nichts geschehen, wieder Weihnachtsmann spielte, zog der arme Casper die Konsequenzen aus dem Ereignis: Er hatte in einem Anfall von Eifersucht einen Mann angegriffen, war besiegt (wenn auch nur weil die anderen in der Überzahl gewesen waren) und entthront worden, er war also ein Verlierer und mußte das Feld räumen. Er wurde krank und starb wenige Tage nach dem Vorfall an gebrochenem Herzen. Ein Muster an moralisch konsequentem Verhalten, im Gegensatz zu vielen Männern, die nicht nur den kürzeren ziehen, sondern auch noch kühn behaupten, sie hätten gewonnen. Doch einmal abgesehen von dieser Geschichte – um die Weihnachtsmänner ist es heutzutage nicht gut bestellt. Nein, liebe Eltern, Sie dürfen sich keine falschen Hoffnungen machen, die Nachfrage der Kinder nach Geschenken läßt nicht nach, ganz im Gegenteil. Aber in den großen amerikanischen Einkaufszentren hält man es mittlerweile anscheinend für überflüssig, daß ein Weihnachtsmann Glöckchen schwingend vor den Schaufenstern auf und ab geht. Und wissen Sie, warum? Weil die amerikanischen Kinder nicht mehr wie früher einen Wunschzettel schreiben, sondern sich an den Computer setzen, aussuchen, was sie am liebsten haben möchten, es bestellen und von der Kreditkarte der Eltern abbuchen lassen. Von den Vereinigten Staaten entmachtet, hält sich der Weihnachtsmann noch in weniger computerisierten Breitengraden. Aber seine Tage sind sicher gezählt. Künftig wird man wohl nur noch in Lapplands Wäldern den ein oder anderen überlebenden Weihnachtsmann antreffen. Wie den Yeti, von dem ich allmählich glaube, daß er ein Vorfahr unseres Weihnachtsmannes ist.

Laura Mancinelli
Die Inselmusik

✶

Als ich noch in der Via Mazzini wohnte, ganz am Ende, in der Nähe des Po, ging ich gerne morgens die ganze Straße Richtung Stadtzentrum hinauf, bis zum Konservatorium Giuseppe Verdi, um dort für einige Minuten stehenzubleiben und dem Geklimper der Studenten und dem virtuosen Spiel der Dozenten zuzuhören. Ich hatte herausgefunden, daß aus dem auf die Via Mazzini gehenden Fenster Schlagzeugmusik drang, die mich nicht interessierte. Auch die Gebäudefront zur Piazza Bondoni hatte ich verworfen. Hier befand sich die Eingangshalle mit den Zugängen zu den Konzertsälen, aus der morgens kein Laut zu vernehmen war. Bei der Umrundung des Gebäudes entdeckte ich Räume, in denen verschiedenste Instrumente unterrichtet wurden. Unter den Räumen, in denen Klavierunterricht erteilt wurde, hatte ich einen entdeckt, in dem ein besonders guter Dozent unterrichtete; ich lauschte dem unsicheren Spiel der Studenten, wie der Maestro unterbrach, das Musikstück wiederaufnehmen ließ, um die Passage wiederholen zu lassen, ein, zwei, drei Mal. Manchmal unterbrach der Maestro das Spiel des Studenten, um das Stück selbst zu Ende zu spielen. Erst dann verwandelten sich die Noten in Musik.

Dieser Maestro hatte die Angewohnheit, am Ende der Unterrichtsstunde, wahrscheinlich nachdem er seinen Studenten verabschiedet hatte, noch zu bleiben, um für sich allein Stücke zu spielen, die er besonders mochte, vorzugsweise Kompositionen von Liszt, den er offensichtlich sehr verehrte.

Bei schönem Wetter blieben die Fenster des Konservatoriums geöffnet, und die Klavierklänge drangen klar und mitreißend nach außen, mit den für Liszt typischen Crescendi, mit melodischen, sanften, fast zärtlichen Tönen durchsetzt, um sich dann wieder in tragische, dunkle Abgründe zu stürzen.

Dann blieb ich manchmal sehr lange unter dem Fenster auf dem Bürgersteig stehen, um das ganze Stück anzuhören, und ging erst, als ich den Klavierdeckel zufallen hörte. Um nicht die Neugierde der wenigen Passanten zu wecken, wechselte ich manchmal die Straßenseite und tat so, als würde ich ein Schaufenster dort gegenüber betrachten, mein Ohr jedoch immer der Musik zugewandt, die aus dem Fenster drang. Selten jedoch überquerte ich die Straße, denn es genügte, daß ein Auto oder, schlimmer noch, der Müllwagen vorbeifuhr, damit der Klang nicht nur gestört, sondern komplett übertönt wurde. Ich beeilte mich dann, die Straßenseite zu wechseln, um meinen Platz als heimliche Zuhörerin wieder einzunehmen.

Eines Tages fand ich, nach dem Überqueren der Straße meinen Platz belegt. Ich hatte den Mann nicht kommen sehen, und ich konnte meinen Ärger nicht ganz verbergen. Er war sehr nachlässig gekleidet und hatte eine Stofftasche unter dem Arm. Er ging zur Seite und machte mir den Platz unter »meinem« Fenster frei. Ich bedankte mich mit einem Kopfnicken und nahm den gewohnten Platz wieder ein, gerade rechtzeitig, um noch den letzten Noten der *Lugubre Gondola* zu lauschen. Das dumpfe Zuklappen des Klavierdeckels wies uns dann auf das

Gehen des Maestro hin. Wir blickten uns zum Abschied an, der Fremde und ich, und jeder von uns machte sich auf seinen Weg. Seit diesem Tag trafen wir uns unter »jenem« Fenster des Konservatoriums, wenn der Dozent seinen Studenten verabschiedete und sich selbst ans Klavier setzte. Wir lauschten dem Spiel des unbekannten Maestro, der für sich und, ohne es zu wissen, auch für zwei heimliche, aufmerksame und stille Zuhörer spielte. Wir wechselten nie ein Wort, nur ein unmerkliches Kopfnikken zur Begrüßung und ein zweites, bevor jeder seiner Wege ging.

Eines Tages, ich weiß nicht mehr warum, kam ich zu spät zur Vorstellung; der Unbekannte stand schon unter dem Fenster des Maestro; er hatte seine Stofftasche auf dem Boden abgestellt und zog sich mit beiden Händen seine dünne Jacke fest um den Körper: Es war ein ziemlich kalter Tag Ende Oktober, und das bis dahin schöne Wetter drohte umzuschlagen. Der Mann ging zur Seite, damit auch ich den letzten Klängen des *Totentanzes* lauschen konnte. Ich beobachtete ihn neugierig: Wahrscheinlich besaß er nur diese gänzlich abgerissenen Kleider, die er anhatte und die nicht mehr für diese Jahreszeit geeignet waren. Doch sein Gesicht verriet keine andere Regung als die, die von der Musik herrührte. Wenn der Maestro das Spiel einer besonders schwierigen Passage wegen unterbrach, verzog sich sein ganzes Gesicht wie unter einem starken Schmerz, um sich erst lächelnd zu entspannen, wenn die Noten im Spiel des Maestro wieder ruhig zu fließen begannen.

An diesem Abend kehrte ich nachdenklich nach Hause zurück. Wer war der Mann, der kein einziges warmes Kleidungsstück zu besitzen schien und der, in der Kälte ausharrend, so sensibel auf die Musik unter den Händen des Interpreten reagierte? Er war sicherlich ein Landstreicher, wie es seine abgenutzten Tennisschuhe zeigten, die ebenso verschlissen waren wie seine gesamten Kleider. Ein Landstreicher, der die Musik liebte und verstand, die er möglicherweise sogar einst selbst gespielt hatte. Meine Vermutung wurde am nächsten Tag bestätigt, als es kalt und windig war, als wollte der Winter sich ankündigen. Der Mann hatte sich eine alte Decke um die Schultern geworfen und stand reglos unter dem Fenster des Konservatoriums. Das, dachte ich mir, ist die Decke, in die er sich nachts einhüllt, um auf irgendeiner Bank in einer Straße oder in einem Park zu schlafen. Vielleicht war es nur Einbildung, aber es schien mir, als zittere er unter dem dürftigen Schutz. Doch sein Gesicht war von einem entrükkten Lächeln verklärt, und zum ersten Mal seit unserer Bekanntschaft öffnete er den Mund und sagte mit dem Tonfall eines Menschen, der einen Schatz gefunden hat: »Ravel«. Aus dem inzwischen geschlossenen Fenster des Konservatoriums drangen die sanften und melancholischen Noten der *Pavane pour une enfante défunte*. Ich reagierte nur mit einem stillen Lächeln, um den Zauber des Augenblicks nicht zu zerstören. Am Ende des Stückes verabschiedeten wir uns voneinander mit dem üblichen Kopfnicken. Auf dem Gesicht des Fremden blieb der entrückte Ausdruck zurück.

Ich ging voll trauriger Gedanken nach Hause: Wie könnte ich diesem Mann helfen, der offensichtlich nichts besaß? Es war mir nämlich nicht entgangen, daß an diesem Morgen die abgestellte Stofftasche leer war. Jene Decke war sein gesamtes Hab und Gut. Ich bereute jetzt, daß ich ihn nie angesprochen, nie ein Wort mit ihm gewechselt hatte, aber ich hatte es nie gewagt, auch nicht, als ich ihn in seinen verschlissenen, viel zu dünnen Kleidern hatte zittern sehen. Ich muß zugeben, der Mann flößte mir eine merkwürdige Angst oder, besser gesagt, Respekt ein. Er ließ in mir jene alte Schüchternheit wieder hochkommen, an der ich schon als Kind gelitten hatte. Ich beschloß, ihn am nächsten Tag anzusprechen, um ihn zu fragen, ob er irgend etwas brauchen oder ob ich ihm irgendwie behilflich sein könnte. Ich würde also versuchen, ihm zu helfen.

Aber es gab kein Morgen mehr. In derselben Nacht erlitt ich einen heftigen Schub Multiple Sklerose. Ich wurde als Notfall ins Krankenhaus gebracht und nach sechsmonatigem Aufenthalt entlassen, an den Rollstuhl gefesselt. Von dem Landstreicher hörte und sah ich nie wieder etwas.

Ich bin aus dem Haus in der Via Mazzini ausgezogen; denn es gab keinen Aufzug. Jetzt wohne ich in einem Mietshaus in der Altstadt von Turin, das ich manchmal im Rollstuhl, von einer Pflegerin begleitet, verlassen kann. Ich kann auch Urlaub machen, weil im Haus meiner Ferienwohnung ein Aufzug ist. Dort sitze ich jetzt auf dem Balkon und kann das Meer am Ende der von niedrigen kleinen Ferienhäusern gesäumten Allee in zweihundert Meter Entfernung sehen. Ich betrachte es mit dem Bedauern eines Menschen, der es gewohnt war, zu jeder Tageszeit stundenlang zu schwimmen. Frühmorgens und abends bei Sonnenuntergang, während der Saison, die für mich von Juni bis Oktober dauert.

Beim Schwimmen träumte ich immer, daß sich das Ligurische Meer in das Meer des Odysseus verwandelte. Ich stellte mir dann vor, der schiffbrüchige Held zu sein, der den Wellen ausgeliefert ist, mal auf dem schäumenden Kamm getragen, dann wieder in die Tiefe des Meeres abstürzend. Aus der Höhe einer Welle erblicke ich Land, das ist die Rettung! Mit all meiner Kraft trotze ich der Gewalt der Wellen und finde mich kurz vor der rettenden Insel wieder. Aber mit Schrecken sehe ich eine felsige Steilküste vor mir, ohne eine Möglichkeit, an Land zu kommen. Ich versuche erst gar nicht, mich an den Felsen zu klammern, um mich nicht zu verletzen, sondern lasse mich vom Auf und Ab der Wellen treiben, wie es Odysseus tat. Ich warte auf eine Flaute, von der ich weiß, daß sie bald kommen wird, weil ja mein Meer nicht die Ägäis und der Sturm, der es aufwühlt, nicht derjenige ist, in dem Odysseus schiffbrüchig wurde. Die Insel, die vor mir auftaucht, ist auch nicht die der Phäaken, sondern der Strand von Tigullio. Und schließlich bin ich nicht Odysseus. Mit Eintreten der Flaute setzt mich eine sanfte Welle auf dem Ufersand ab, und ich eile, mich in Sicherheit zu bringen, bevor mich ein weiterer Brecher zurück ins tiefe Meer ziehen kann.

So träumte ich, wenn das Meer bewegt war und mich die Wellen mal auf ihren Kämmen und mal in ihre dunklen, schäumenden Tiefen trugen. Anders waren meine Phantasien, wenn das Meer ruhig war und ich den Bogen des Horizonts rundherum sehen konnte, während die Sonne im Westen hinter dem Berg von Portofino unterging und die letzten Sonnenstrahlen die Wasseroberfläche in ein warmes, rotes Gold tauchten, das in ein violettes Licht überging und mein Meer in jenes »weinfarbene« verwandelte, das dann wieder das Meer des Odysseus war.

Jetzt betrachte ich es vom Balkon aus und streichle es mit den Augen, wie man es mit einem sehr geliebten Gegenstand tut. Schwimmen gehe ich jetzt nicht mehr, und ich begnüge mich damit, den Blick über das Meer und die Gedanken in meinen Erinnerungen schweifen zu lassen.

Behinderte Menschen wenden sich, ähnlich wie alte Menschen oder Menschen, die keine Zukunft vor sich haben, in Gedanken der Vergangenheit zu. Die Veränderung des Meeres bestimmt meine Erinnerungen: trüb und stürmisch, wenn es bewegt, heiter und still, wenn es ruhig ist.

Heute ist es ruhig, träge und leise; von hier oben hört man das Geräusch der Brandung kaum. Es ist das Meer der ersten Oktoberwochen, wenn die Jahreszeit milde und klare Tage schenkt, die ich so liebe, auch wenn sie so kurz sind. Vielleicht gerade weil sie so kurz sind, lassen sie mich an mein Leben denken, das sich dem Ende zuneigt, einem süßen und melancholischen Ende, wie wir es uns alle wünschen. Meine Gedanken folgen dem Rhythmus der langsamen Oktoberwellen. Sie bringen Erinnerungen mit sich, die unter den sich überstürzenden Ereignissen des Lebens begraben blieben wie unter dem vom Meer in unablässigem Rhythmus angespülten Sand. Jetzt, da das Leben für mich stillsteht und ereignislos dahinfließt, trägt eine sanfte Welle langsam den Sand ab, der sie bedeckt hat, und läßt sie wieder auftauchen, mit all den im Strom der Zeit vergessenen Gefühlen beladen.

Unter anderem taucht in mir eine Erinnerung auf, die ich in der Vielfalt der Ereignisse meines Lebens, bevor ich krank wurde, verloren hatte. Jetzt erscheint sie mir sehr lebendig und strahlend wie ein Edelstein. Es geschah bei einem Ausflug auf die Insel von San Giulio, am Ortasee, unter den besonderen Umständen der Überschwemmung von 1993, die das gesamte Gebiet zwischen dem Lago Maggiore und dem Ortasee überflutet hatte. Damals nahm ich an einer Tagung in Orta teil. An einem Morgen, an dem gerade keine Termine anstanden, spazierte ich mit einem Kollegen auf der nicht überschwemmten

Seite des schönen Dorfplatzes. Wir sahen, wie die Insel von San Giulio langsam aus dem herbstlichen Nebel auftauchte, als handele es sich um einen irrealen Ort, der über dem Wasser schwebte.

Keiner von uns beiden war je dort gewesen, und so winkten wir einem Fahrer der öffentlichen Motorboote zu, der sich uns, die wir mitten auf dem Platz standen, so weit wie möglich näherte. Er nahm uns an Bord, und wir fuhren los.

Je näher wir der Insel kamen, desto klarer tauchte der Kirchturm aus dem Nebel auf, der die Kirche noch ganz verhüllte. Als das Motorboot an den Stufen der Treppe zum Eingang der Kirche anhielt, sahen wir das offene, aber noch nicht klar umrissene Portal, und es erschien uns, wie durch einen Schleier, der gewaltige Bau der Basilika.

»Bei normalem Wasserstand ragt die gesamte Treppe und sogar ein wenig vom umliegenden Gelände aus dem Wasser«, sagte der Bootsfahrer, während er uns aussteigen half, »weil der Wasserpegel des Sees eher dazu neigt abzunehmen. Bei dieser Überschwemmung allerdings ... Ich glaube, Sie sind die einzigen, die heute die Insel besichtigen. Wann soll ich Sie wieder abholen?« Wir legten die Zeit für die Rückkehr fest und stiegen die noch verbleibenden Stufen hoch. Das Portal war zwar offen, aber die Kirche dunkel und verlassen. Das einzige Licht, außer dem, das vom Eingang eindrang, fiel durch die Rosette, die sich in der Mitte der dem See zugewandten Seitenfront befand. Die unwirkliche Stille wurde durch das träge Klatschen der langsamen Wellen, die die Treppe bespülten, nicht gebrochen, sondern vielmehr unterstrichen. Das wenige Licht, das durch die beiden einzigen, noch in Nebel getauchten Öffnungen fiel, betonte die Dunkelheit und machte das Gefühl von Einsamkeit, das die weite, verlassene Kirche beherrschte, auf geheimnisvolle Weise greifbar.

Plötzlich brach der Klang einer Orgel die Stille mit den ersten Akkorden des *Präludium und Fuge in e-Moll* von Bach. Wir hoben den Blick zur Quelle der Töne und erblickten da, wo einst die Empore war, eine eingebaute große und schöne Orgel. Die Balustrade versperrte den Blick auf die spielende Person. Leise schlüpften wir in eine Kirchenbank, um besser zuhören zu können. Die Orgelpfeifen glänzten im spärlichen Licht der Rosette; die Klänge Bachs füllten die Kirche mit Leben und Wärme.

Vielleicht durch ein unbeabsichtigtes Geräusch von uns, ein Geflüster oder ein Knirschen der Schuhsohlen, hörte das Spiel abrupt auf, und eine in schwarz gekleidete und verhüllte Gestalt erhob sich von der Orgel und verschwand im dunklen Hintergrund. Eine Nonne in Klausur? Das fragten wir uns mit einem stummen Blick.

Als das Spiel abbrach, sank die Kirche in die melancholische Einsamkeit zurück, die uns zu Beginn umfangen hatte. Wir machten einen Rundgang, fast ohne etwas zu erkennen, und traten wieder ins Freie, traurig über den ungewollten Zwischenfall. Wir gingen die engen, verlassenen Straßen entlang, die immer noch in dem sich sehr langsam lichtenden Nebel versunken waren. Hohe Mauern verhinderten den Blick in die Gärten der wenigen herrschaftlichen Häuser; nur die eine oder andere Zypresse ragte darüber hinaus und ließ blühende, eifersüchtig fremden Blicken entzogene Büsche erahnen. Am Ende des Sträßchens, das die Insel durchzieht, zeigten sich ein paar elegante, schlichte Häuser, die aus dem 19. Jahrhundert zu stammen schienen. Die Häuser ragten aus dem Nebelschleier, der sie noch umgab, durchtränkt von Feuchtigkeit und Melancholie. Oder waren nur wir so traurig? Vielleicht wegen des Zwischenfalls in der Kirche? Oder wegen der Einsamkeit, die auf der Insel herrschte?

Doch wer hätte während der Überschwemmung dort bleiben sollen? Außerdem machten diese Häuser eher den Eindruck, als wären sie nur im Sommer bewohnt. Wir liefen den Weg zurück, um uns zur vereinbarten Zeit mit unserem Bootsführer am Fuße der Kirchentreppe zu treffen.

Schön, geheimnisvoll und melancholisch, ließ die Insel von San Giulio ein unbehagliches Gefühl in uns zurück, das wir, mit dem Kauf einer Reihe von Eselswürsten als Souvenir zu vertreiben versuchten, als wir wieder in Orta waren.

Vor ein paar Jahren bin ich Weihnachten auf die Insel von San Giulio zurückgekehrt. Ich wußte, daß Heiligabend dort eine Mitternachtsmesse gefeiert wurde. Ich wollte wissen, welchen Eindruck die Kirche auf mich machen würde, die ich zur Zeit der Überschwemmung so verlassen erlebt hatte oder, besser gesagt, nur von einem schwarz umhüllten Geist bewohnt, der Orgel spielte. An Weihnachten würde sicherlich jemand die Mitternachtsmesse besuchen, und auch die Orgel würde gespielt werden, wenn auch von den schwarz umhüllten Händen einer Nonne in Klausur.

Ich war bereits an den Rollstuhl gefesselt und konnte dank der Hilfe desselben Freundes von damals auf die Insel zurückkehren. Ich kam kurz vor Beginn der Messe an und war über die große Menschenmenge erstaunt, die bereits die Kirche füllte. Alle Sitzplätze waren belegt, und viele Menschen standen. Ich hatte zum Glück meinen Rollstuhl, für den die Leute Platz machten, so daß es mir gelang, mich genau gegenüber der Orgel zu plazieren.

Ich weiß nicht, ob ich die einzige war, die mit Spannung das Erscheinen des Organisten erwartete. Mir schien es jedoch so, als erfasse eine verhaltene Erwartung die Versammelten. Vielleicht handelte es sich auch nur um das undeutliche Raunen der Menschenmenge. Würde die verhüllte Gestalt erscheinen? Ich fragte mich das mit einem gewissen Bangen. Auf einmal wurde es still und alle wandten den Blick Richtung Orgel. Eine in Schwarz gekleidete Gestalt kam aus dem Schatten heraus und setzte sich an das Instrument. Aber es war keine Nonne, es war ein Mann. Ich konnte im Zwischenraum, der die kleine Tür zur Loggia vom Orgelsitz trennte, nur eine schlanke und große Gestalt ausmachen. Sobald er sich hingesetzt hatte, konnte man von unten nur den Kopf und den dünnen Hals sehen. Er hatte sich, als er eingetreten war, nicht umgewandt, um die Menge, die ihm applaudierte, zu begrüßen, als existierte sie nicht einmal. Dann erklang der Bachchoral *Ein' feste Burg ist unser Gott*, gespielt von meisterhafter Hand. Die Töne füllten die Kirche, wie ein Sturzbach ergossen sich die durch das Spiel der Pedale gesteigerten Akkorde über die Köpfe der in vollkommener Stille erstarrten Zuhörer. Der Raum des heiligen Ortes wurde förmlich verschlungen von dieser gewaltigen Musik, die mit machtvollen Tönen die Anwesenheit Gottes verkündete und diese allen aufzwang, auch den Ungläubigen, damit sich alle gemeinsam über die frohe Botschaft freuten.

Ich hörte wie versteinert zu, ohne den Blick vom Organisten abzuwenden, während Ohren, Geist und Verstand sich wie im Zauber mit dem ungestümen Jubel der Orgel füllten.

Als die Orgel verstummte, blieb mein Blick unverwandt am Spieler haften, der sich langsam erhob, nachdem er einige Zeit gezögert hatte, und sich mit einem Kopfnicken der applaudierenden Menge dankend zuwandte. Für einen Augenblick sah ich sein Gesicht: Es war das Gesicht des Landstreichers vom Konservatorium. Oder war es nur Einbildung? Ein Irrtum meines durch die Musik exaltierten Geistes? Doch jene knappe Handbewegung, mit der er mich zu grüßen schien? Ein Rollstuhl ist inmitten einer stehenden Menschenmenge leicht auszumachen.

Meine Gedanken schweifen zurück zu jener Weihnachtsnacht auf der Insel von San Giulio, und ein Zweifel steigt in mir auf: Gehörte das bleiche Gesicht, das sich am Ende des Bachchorals, mich grüßend, über die Balustrade beugte, dem musikliebenden Landstreicher, den ich vor vielen Jahren unter dem Fenster des Konservatoriums gesehen hatte, oder war es nur Einbildung, ausgelöst durch die von der Musik entfachten Gefühle? Grüßte er wirklich nur mich oder vielmehr die Menge der begeistert klatschenden Zuhörer? Diese Gedanken beschäftigten mich, nachdem ich die Insel und den Ortasee verlassen hatte, als wenn ich aus einem mysteriösen Ort, aus einem Zauberkreis herausgetreten wäre, der die Realität nicht zuläßt. Dann hat wiederum mein Hang zum Rationalen die Oberhand gewonnen und die Magie der Insel in mir zerstört. Zerstört? Vielleicht doch nicht, nur mich gezwungen, logisch zu denken. Und doch bin ich überzeugt, daß in unserem Leben das Mysterium existiert, mehr als einmal wurde ich Zeuge: Es existiert im Leben und in der Erfahrung aller, nur merken wir es normalerweise kaum in der Hektik unseres Lebens. Als ich das erste Mal die Insel von San Giulio betrat, fühlte ich das Mysterium, vielleicht durch die Ausnahmesituation; die Insel war damals wegen der Überschwemmung verlassen, und jenes abrupt abgebrochene Orgelspiel hatte mich schaudern lassen … Mysterium und Zauber schienen sich damals schon in der Vision der aus dem Nebel auftauchenden und über dem Wasser schwebenden Insel zu vereinen. Jetzt, da ich über diesen Moment nachdenke, jetzt da die Hektik des Lebens an mir vorbeizieht und mich in meinem Rollstuhl nicht mehr betrifft, frage ich mich: Woher kam der Drang, zur Mitternachtsmesse zu gehen, obwohl ich doch sonst niemals in die Kirche gehe? Auch das scheint mir jetzt ein Mysterium. Oder war es ein magischer Ruf? Die Sehnsucht nach einem Ort, nach einer Musik, kaum begonnen und sofort abgebrochen?

Dieser magische Moment lebt im Bachchoral wieder auf, diesem großen, zu einem Text von Luther komponierten Choral, einer Hymne an die Allmacht Gottes, die alles umhüllt und die alle fühlen können, Gläubige und Nichtgläubige, Katholiken und Protestanten; denn Musik sprengt alle Grenzen, verwischt alle Unterschiede. Sie spricht Herz und Hirn direkt an, alle, die Ohren haben zu hören und Demut zu wissen, daß nicht alles mit dem Verstand zu begreifen und mit menschlicher Logik zu erklären ist.

Luigi Malerba

Gold, Weihrauch und Myrrhe

✶

»Versuch mal, dich in einen Propheten hineinzuversetzen«, sagte ich zu meiner Frau. »Der brüllt in deine Ohren: Dir wird das passieren, dir wird jenes passieren. Eher als Prophezeiungen sind es Befehle. Wenn du nicht auf ihn hörst und etwas anderes machst, dann bekommt er Schwierigkeiten und rächt sich früher oder später.«

»Aber was sagst du denn da, Gaspare, es handelt sich doch um einen Traum!«

Ich hätte meiner Frau erklären wollen, daß man Propheten nicht tagsüber in der Via del Tritone begegnet. Es handelt sich um Wesenheiten, die von weit her kommen, nachts im Traum. Aber ich hatte keine Lust, mich auf eine Diskussion einzulassen, und so machte ich kurzen Prozeß.

»Ich glaube eben an Träume, das ist alles.«

»Und ich versetze mich nicht in einen Propheten«, antwortete meine Frau.

Er hatte einen langen schwarzen Bart, eine hohe Stirn und trug einen schweren, weißen Mantel, der ihm bis zu den Füßen reichte, genau wie die Propheten, die man an die Kirchenwände gemalt sieht. Ob es Jesaja, Jeremia, Ezechiel oder Maleachi war, hätte ich nicht sagen können. Er hat mir seinen Namen nicht gesagt, wußte aber, daß ich Gaspare heiße und Fahrstuhlführer bin. »Du, der du mit deinen

Fahrstühlen gen Himmel fährst«, hatte er zu mir gesagt und dabei vergessen, daß die Fahrstühle zwar gen Himmel fahren, aber dann wieder zurück auf die Erde.

Es ist das zweite Mal, daß ich von demselben Propheten träume. Das erste Mal, vor zwei oder drei Jahren, hat er mir geraten, meine Ersparnisse in Aktien der JWT zu investieren. Sie haben sich im Lauf eines Jahres verdoppelt.

»Jetzt hör mal, Gaspare«, sagte meine Frau, »wenn schon klar ist, daß du nach Umbrien auf die Jagd gehen willst, geh nur, aber erzähl mir keine Märchen.«

»Auf die Jagd? Ich lasse meine Doppelflinte hier, reicht dir das nicht?«

»Weißt du was? Ich traue Propheten nicht. Du kennst doch die Betrüger mit der Kristallkugel, aus dem Fernsehen?«

»Der kommt aus der Bibel, nicht aus dem Fernseher. Letztes Mal haben wir durch ihn einen Haufen Millionen an der Börse verdient.«

»Letztes Mal hast du ja geträumt, daß er in Frankfurt auf dem Wolkenkratzer der Deutschen Bank saß. Diesmal hast du gesagt, er saß auf einer Wolke. Verstehst du den Unterschied? Aber lassen wir's, ich brauche das Auto, weil ich zu Carolina nach Fregene fahren muß. Du brauchst dir nur einen Leihwagen zu nehmen, und dann fahr hin, wo du willst. Aber ich finde, es ist Blödsinn, bis nach Massa Martana zu fahren, nur weil es dir im Traum irgendein Jesaja befohlen hat.«

»Ich weiß nicht, ob es Jesaja oder Maleachi war, es war ein Prophet aus der Bibel, und der hat mir befohlen, ich soll nach Massa Martana fahren. Das ist alles.«

»Da schaut ihn an! Ich wollte nach Fregene fahren, und schon kommt der Prophet und verpatzt mir meinen Samstag.«

»Warum werfen wir nicht eine Münze und schauen, wer das Auto kriegt? Ich spüre, daß ich nach Massa Martana fahren muß, weil von dem Kind offenbar die Zukunft der Welt abhängt.«

»Kennt wohl kein Pardon, dein Prophet!«

Ich mußte diskutieren, aber zuletzt beschloß meine Frau, ins Kino zu gehen, statt nach Fregene zu fahren, Kevin Costner ist ihr Idol, so brauchte sie kein Auto. Natürlich sagte ich meiner Frau nicht, daß ich dem Kind ein Geschenk aus Gold mitbringen sollte. Irgend etwas Kleines, aber aus Gold muß es sein, hatte der Prophet gesagt. Heimlich kramte ich in den Schubladen herum und fand schließlich ein Kettchen, das wir Carolina zur Erstkommunion geschenkt hatten. Schade um das Kettchen, aber ich mußte ihm um jeden Preis gehorchen.

»Also so was, daß du mehr als hundert Kilometer fahren mußt, wegen eines Traums, nur weil du auf einen Propheten hörst«, sagte meine Frau noch, als ich aus dem Haus ging.

»Entschuldige, aber auch Jesus Christus hat getan, was die Propheten sagten.«

»Na toll. Du machst es wie Jesus Christus, und dann schauen wir, was dir in der Tasche bleibt.«

»Ist Jesus Christus besser oder dein Kevin Costner?«

»Ich gehe ins Kino, und du fährst nach Massa Martana. Viel Spaß!«

Als ich aus dem Haus ging, knallte ich die Tür zu, um ihr den Film und ihren Kevin Costner zu verleiden.

Bei der Autobahnausfahrt Orte hielt ich, um Benzin zu tanken, bleifrei, denn ich bin ein Umweltschützer erster Stunde. Dann parkte ich das Auto und ging in die Bar, um einen Kaffee zu trinken. Und da kam ein Kerl auf mich zu und fragte mich, ob ich die beste Straße nach Massa Martana wisse.

»Ich muß auch nach Massa Martana. Ich habe die Touring-Karte dabei. Nach der Karte muß man bei der Ausfahrt Orte von der Autobahn.«

Ich zeigte ihm die Touring-Karte. Massa Martana war über die Schnellstraße nach Perugia und dann über die Landstraße nach Foligno zu erreichen. Ungefähr fünfzig Kilometer.

»Kann ich mit meinem Auto hinter Ihnen herfahren? Dann bin sicher, daß ich mich nicht verfahre. Ich muß vor Mittag in Massa Martana sein, und von dort aus muß ich dann ein Haus auf dem Land suchen.«

Der Typ zog einen zerknüllten Zettel heraus, auf dem der Name des Hauses stand.

»Anwesen Trefinestre.«

»Jesus Maria, so ein Zufall, ich muß auch zu dem Anwesen Trefinestre.«

»Ausgezeichnet, fahren wir zusammen.«

»Jetzt ist es halb elf. Wir fahren besser los. Wenn Sie wollen, fahren Sie mir ruhig nach, aber ich hatte vor, in Terni fünf Minuten zu halten, um ein kleines Geschenk zu kaufen, ein goldenes Kettchen oder so was in der Art.«

»Wenn wir über Terni fahren, kommen wir zu spät«, sagte mein Reisegefährte. »Ich rate Ihnen, fahren wir bis nach Massa Martana. Ein kleines Geschenk finden Sie dort auch.«

»Gibt es dort einen Juwelier?«

»Massa Martana ist eine eigene Gemeinde, ein großes Dorf mit vielen Geschäften.«

»Also gut. Ein Geschenk aus Gold habe ich ja in der Tasche. Ich habe zu Hause ein goldenes Kettchen aus einer Schublade genommen, würde aber lieber was Neues kaufen. Sie wissen schon, es ist besser, wenn man das Zeug von zu Hause da läßt, wo es ist.«

Es geht mir ziemlich auf die Nerven, wenn ein Auto hinter mir herfährt. Man muß immer in den Rückspiegel schauen, und wenn man es aus den Augen verliert, muß man anhalten und warten. Es wäre fast besser gewesen, wenn ich zu dem Kerl gesagt hätte, er soll bei mir einsteigen, aber jetzt hatten wir es einmal so beschlossen.

Wir kamen um elf Uhr vierzig in Massa Martana an. Ich fand einen kleinen Uhrmacherladen, und mein Reisegefährte hatte mich begleiten wollen. Ich bat den Geschäftsmann um ein goldenes Kettchen oder einen Anhänger für ein Neugeborenes. Ich kaufte das Kettchen, fünfundachtzigtausend. Mein Reisegefährte sah mich neugierig an. Als wir aus dem Laden gingen, stellte er sich vor.

»Ich heiße Baldassarre Diotallevi.«

»Gaspare Reali.«

»Das Seltsame ist, daß wir beide in dasselbe Haus gehen und beide ein Geschenk für ein Neugeborenes dabeihaben.«

»Sie auch?«

Baldassarre fing an zu lachen.

»Sie werden es nicht glauben, aber ich bin wegen eines Traums nach Massa Martana gekommen. Mir träumte von einem bärtigen Alten, der mir befohlen hat, einem Kind, das in einer armen Familie geboren ist, ein Geschenk zu bringen. Dieses Kind soll später, scheint es, großartige Dinge vollbringen, so sagte der Alte mit dem Bart.«

»Jesus Maria!«

»Was ist denn?«

»Auch mir hat von einem Propheten geträumt, der mir befohlen hat, hierherzukommen.«

»Du lieber Gott!« rief Baldassarre. »Sagen Sie, daß auch meiner ein Prophet war?«

»Ich weiß nicht recht. Mir hat schon das zweite Mal von diesem Alten mit Bart geträumt. Das erste Mal sagte er selbst, er sei ein Prophet, aber das Bedenkliche an der Sache ist, daß ich durch ihn einen Haufen Millionen an der Börse verdient habe. Und Sie werden verstehen, als er mir sagte, ich solle hierherfahren und diesem Neugeborenen ein Geschenk bringen, habe ich mich auf den Weg gemacht und bin eiligst hergekommen. Diese Propheten kennen sich aus mit der Börse. Wer weiß, ob er mir auch diesmal einen Tip gibt.«

»Auch meiner hatte einen Bart, aber er hat mir nicht gesagt, daß er ein Prophet ist.«

»Vielleicht wollte er incognito bleiben.«

»Wer soll das verstehen? Meiner hat nicht von Geld gesprochen. Ich bin nur gekommen, damit nichts Schlimmes passiert. Es war nämlich so, als würde die Welt einstürzen, wenn ich nicht hierherführe.«

»Seltsam. Derselbe Traum, derselbe Prophet, dieselbe Adresse.«

»Die ganze Welt ist seltsam. Die Seltsamkeit lenkt unser Leben«, sagte Baldassarre, tiefsinnig wie ein Philosoph.

»Was haben Sie denn für ein Geschenk dabei?«

»Ich hatte keine Lust, die Läden abzuklappern, so hat meine Frau gleich um die Ecke ein Fläschchen Parfüm gekauft. Ein exotisches Parfüm, aus einem afrikanischen Harz, aus Myrrhe, wie die von den Heiligen Drei Königen.«

Jetzt mußten wir den Weg zu dem Anwesen finden. Auf dem Dorfplatz fragten wir eine alte Frau, die aber nicht Bescheid wußte. Wir gingen in eine Bar, aber nicht einmal dort wußte jemand, wo dieses Anwesen Trefinestre war. Nie gehört. Es war zehn vor zwölf. Inzwischen war auf dem Parkplatz ein BMW mit römischem Kennzeichen angekommen. Ein Fünfzigjähriger, Sportsakko, kariertes Hemd, sicheres Auftreten, war ausgestiegen. Er zog einen Zettel aus der Tasche und begann dreihundertsechzig Grad um sich zu schauen. Wir näherten uns ihm wie von einem Magneten angezogen und fragten ihn, ob er uns den Weg zum Anwesen Trefinestre zeigen könnte. Der Mann verzog sein Gesicht zu einer überraschten Grimasse.

»Genau dahin will ich.«

»Wir auch.«

Der Mann schaute uns mißtrauisch an, warf einen Blick auf unsere Autos, die vor der Bar geparkt waren und römische Kennzeichen hatten wie das seine. Er konnte sich nicht erklären, wie zwei Römer nach Massa Martana gekommen waren, um ebenso wie er ein Anwesen namens Trefinestre zu suchen.

»Ich bin ein Beamter des Gesundheitsministeriums, mein Name ist Melchiorre Natalini, und ich will auch zum Anwesen Trefinestre. Ich bin beruflich hier. Ich weiß nicht, ob Ihnen bekannt ist, daß es sich um einen sehr besonderen Fall von Mutterschaft handelt.«

»Warum besonders?«

»Der alte Vater des Kindes ist unfruchtbar.«

»Ach.«

»Die Frau wurde künstlich befruchtet, und bis hierher ist alles normal. Es gibt viele solche Fälle. Die Neuheit ist etwas anderes.«

»Und was ist diese Neuheit?« fragte Baldassarre.

»Lassen wir's«, sagte Melchiorre, »lassen wir's, ich bin Amtsperson.«

»Entschuldigen Sie«, sagte ich an dieser Stelle, »da wir alle drei dieses Kind und diese Mutter besuchen, warum verschweigen Sie uns da die Neuheit?«

Der Mann näherte sich seinem Auto. Es war klar, daß er nicht sprechen wollte. Er zündete sich eine Zigarette an.

»Es ist besser, wir gehen, sonst kommen wir noch zu spät.«

Dann wandte er sich mir zu und sagte leise:
»Die Mutter ist Jungfrau, als wäre das Kind vom Heiligen Geist, das ist die Neuheit, und das ist der Grund, warum mich das Ministerium in meiner Funktion als ärztlicher Inspektor hierhergeschickt hat.«

Dann warf er einen Blick auf einen Zettel, auf den mit Bleistift ein Plan aufgezeichnet war.

»Wir müssen in Richtung Focette fahren und nach zwei Kilometern eine nicht asphaltierte Straße nach rechts. Nach noch einmal fünfhundert Metern sind links zwei Häuser und gleich darauf ebenfalls links das Anwesen Trefinestre. Wenn dieser Plan stimmt, sind wir in ein paar Minuten dort.«

Wir fuhren los, als erster der Inspektor, dann Baldassarre, als letzter ich.

Das Anwesen Trefinestre war eine armselige Baracke aus zusammengesammelten Steinen, ebenerdig. Die Tür war nur angelehnt. Der Inspektor klopfte.

»Kommt rein«, antwortete eine Frauenstimme.

Der Raum war fast dunkel, der Boden aus gestampfter Erde und ganz hinten eine Krippe, die früher einmal Tieren diente. Ein von den Bauern verlassener Stall. In der Krippe, mit Lumpen zugedeckt, ein Neugeborenes, das, von der Ankunft dreier Unbekannter erschreckt, brüllte.
Ich näherte mich der Frau und legte ihr das goldene Kettchen, das ich gerade gekauft hatte, in die Hand.

»Für den Jungen«, sagte ich.

»Es ist ein Mädchen«, sagte die Frau.

»Ah.«

Wir wechselten einen verwunderten Blick.

»Das ist für Sie«, sagte Baldassarre und lieferte das Parfümfläschchen ab.

»Danke«, sagte die junge Frau. »Ich heiße Maria.«

Der Inspektor des Ministeriums zog ein Päckchen aus der Tasche und gab es der Frau in die Hand.

»Das ist etwas zum Verbrennen, es verbreitet einen guten Geruch. Hier riecht es noch nach Stall.«

Maria nahm das Päckchen, ohne etwas zu sagen. Baldassarre und ich schauten uns genervt an wegen der Unhöflichkeit des Inspektors.

»Entschuldigen Sie«, sagte der Inspektor, »ich müßte jetzt mit Signora Maria unter vier Augen sprechen.«

»Und wir können gehen«, sagte ich. »Wir wünschen Ihnen alles Gute, Signora.«

»Alles Gute für den Jungen. Nein, für das Mädchen«, verbesserte sich Baldassarre.

Baldassarre und ich gingen hinaus ins Freie. Die Sonne schien, und es herrschte eine kühle Dezemberluft, auf den Berggipfeln lag Schnee.

»Es ist ein Mädchen!« sagte ich.

»Ja.«

»Unsere Pflicht haben wir getan«, sagte ich, »jetzt können wir wieder nach Rom zurückfahren und warten, daß die Welt besser wird.«

»Nötig wäre es«, sagte Baldassarre.

In dem Moment kam ein alter Mann mit einer Säge in der Hand. Es war klar, daß er der virtuelle Vater des kleinen Mädchens war.

»Guten Tag«, sagte ich.

»Grüße Sie«, sagte der alte Mann, »ich heiße Josef.«

»Herzliche Glückwünsche.«

»Danke.«

»Sind Sie Schreiner?« fragte Baldassarre.

»Ja, aber hier gibt es keine Arbeit. Ich repariere ein paar Fenster, ein paar Küchenmöbel, nicht viel. Das Arbeitsamt und die Gewerkschaften kümmern sich nicht um die alten Leute. Halb so schlimm, wir müssen ohnehin weg von hier, der Bürgermeister hat uns in das Verzeichnis der Landstreicher eintragen lassen.«

»Das tut mir leid. Also dann viel Glück, auch dem kleinen Mädchen.«

»Das Glück wird Ihnen beistehen. Heutzutage gibt es so viele böse Menschen, die einen bei jeder Gelegenheit ans Kreuz nageln wollen, aber Sie werden sich gewiß wehren können.«

Der alte Schreiner winkte uns mit der Hand und ging hinein in die Baracke.

Die Namen, etwa in deutsch: Gaspare Reali – Kaspar Königer; Baldassarre Diotallevi – Balthasar Traugott; Melchiorre Natalini – Melchior Heiligabend. (A.d.Ü.)

Luciano De Crescenzo
Krippenliebhaber und Baumliebhaber

✶

»Da sind wir, Professore, wie geht es Ihnen?« sagt Salvatore beim Betreten von Bellavistas Haus. »Wir haben den Ingenieur De Crescenzo mitgebracht, der ein großer neapolitanischer Wissenschaftler ist: Es heißt, er sei der Erfinder der amerikanischen Elektronengehirne.«

»Was erzählen Sie da«, versuche ich Saverios Vorstellung meiner Person zu unterbrechen. »Ich bin doch kein Wissenschaftler, und erfunden habe ich auch nichts.«

»Hören Sie nicht auf ihn, Professore«, fährt Saverio unerschütterlich fort. »Dieser Ingenieur da ist nur zu bescheiden: Es heißt, daß damals, als er seinen Doktor gemacht hat, ein strenger Befehl aus Amerika kam, ihn um jeden Preis einzustellen, damit ihn nicht irgendeine feindliche Nation wegschnappte.«

»Lieber Gott!« protestiere ich. »Was erzählen Sie da nur für einen Mist zusammen!«

»Die Tür«, sagt Saverio, als er die Klingel hört. »Das wird Luigino sein, ich mache auf.«

Luigino kommt herein, allgemeine Begrüßung und Vorstellung. Saverio bringt einen kleinen Sessel für Luigino und ein Glas Wein für sich.

»Mein lieber Luigino, wie geht es dir?« fragt der Professor. »Die ganze Woche hört und sieht man nichts von dir.«

»Ja, diese Woche hatten wir viel zu tun, am Dienstag kam Professor Buonanno, der vom Konservatorium, der Geige spielt. Der Professor Buonanno ist sehr befreundet mit dem Baron, und von Zeit zu Zeit kommt er und spielt uns etwas vor, aber diesmal hat er sich selber übertroffen, ganz bestimmt; er hat da unter anderem etwas von Bach gespielt, ich kann mich jetzt nicht genau erinnern, was es war. Tatsache ist jedenfalls, daß es etwas sehr Schönes war …

»Luigino«, fragt Saverio, »könnte dieser Professor nicht manchmal mitkommen und uns etwas vorspielen?«

»Nun, ich könnte ihn fragen.«

»Ja, aber bald, weil unser Gast hier nur über Weihnachten in Neapel bleibt.«

»Apropos Weihnachten, ich und der Baron haben wie jedes Jahr angefangen, die Krippe aufzubauen, und wir haben zwei Tage gebraucht, um alle Schachteln mit den Hirten aufzumachen, sie abzustauben und abgebrochene Arme und Beine mit Fischleim anzukleben.«

»Die Krippe ist für uns Neapolitaner etwas wirklich Wichtiges«, sagt der Professor. »Und Sie«, wendet er sich an mich, »entschuldigen Sie die Frage, aber ist Ihnen die Krippe lieber oder der Weihnachtsbaum?«

»Natürlich die Krippe.«

»Das freut mich sehr für Sie«, sagt der Professor und drückt mir die Hand. »Sehen Sie, die Menschheit läßt sich in Krippenliebhaber und Baumliebhaber einteilen, und das ist eine Folge der Unterteilung der Welt in eine Welt der Liebe und eine Welt der Freiheit, aber um das zu erklären, müßte ich weiter ausholen, lassen wir das für ein andermal. Heute möchte ich lieber etwas über die Krippe und die Krippenliebhaber sagen.«

»O ja, erzählen Sie von der Krippe, Professore«, sagt Salvatore, »hier sind Ihre Kinder und hören Ihnen zu!«

»Also, die Einteilung in Krippenliebhaber und Baumliebhaber ist, wie ich schon sagte, so entscheidend, daß sie meiner Meinung nach so wie Geschlecht und Blutgruppe in die Personalausweise eingetragen werden müßte. Naja, sonst entdeckt doch so ein armer Teufel vielleicht erst nach seiner Heirat, daß er sich mit einem Christenmenschen zusammengetan hat, der ganz andere Weihnachtsgewohnheiten hat. Das klingt jetzt vielleicht übertrieben, aber es ist etwas Wahres dran: Der Baumliebhaber hat in seinem Leben eine ganz andere Wertskala als der Krippenliebhaber. Für den ersteren sind vor allem die Form, das Geld und die Macht entscheidend; für den letzteren dagegen die Liebe und die Poesie.«

»Wir alle hier in diesem Haus sind Krippenliebhaber, nicht wahr, Professore?« sagt Saverio.

»Nein, nicht alle. Meine Frau und meine Tochter zum Beispiel sind, wie fast alle Frauen, Baumliebhaberinnen.«

»Meiner Assuntina gefällt auch der Weihnachtsbaum mehr«, sagt Saverio halblaut.

»Die beiden Gruppen können sich nicht verstehen. Wenn der eine etwas sagt, weiß der andere nicht, was er meint. Die Ehefrau sieht, daß ihr Mann die Krippe aufbaut, und sagt: ›Warum kaufst du nicht, statt hier das ganze Haus mit deinem Fischleim zu verpesten, die Krippe fix und fertig im Kaufhaus UPIM?‹ Der Mann antwortet nicht. Denn bei UPIM kann man vielleicht den Weihnachtsbaum kaufen, der erst dann schön wird, wenn er geschmückt ist und man die Lichter anzünden kann, bei der Krippe aber ist es anders, die Krippe ist schön, während man sie macht oder sogar während man an sie denkt: ›Jetzt kommt Weihnachten, also bauen wir die Krippe auf.‹ Diejenigen, denen der Weihnachtsbaum gefällt, sind einfach Komsumliebhaber, der Krippenfreund dagegen ist, egal ob er Geschick hat oder nicht, kreativ tätig, und sein Evangelium heißt *Natale in casa Cupiello* *.«

»Das habe ich gesehen, Professore, und ich erinnere mich, wie Eduardo sagte: ›Die Krippe habe ich ganz allein gemacht und im Kampf gegen die ganze Familie‹.«

»Die Hirten«, fährt Bellavista fort, »müssen diese handgemachten, ein wenig häßlichen aus Gips sein und vor allem aus dem Herzen Neapels stammen, aus San Gregorio Armeno, und nicht aus Plastik, wie man sie bei UPIM bekommt und die alle so unecht wirken; die Hirten müssen die aus den früheren Jahren sein, und es macht nichts, wenn sie alle ein bißchen zerbrochen sind, entscheidend ist, daß der Familienvater sie alle mit Namen kennt und zu jedem Hirten eine schöne Geschichte erzählen kann: ›Dies hier ist Benito, der keine Lust hatte zu arbeiten und immer schlief, dies ist der Vater von Benito, der seine Schafe auf den Bergen weidete, und dies ist der Hirte, der das Wunder erlebte.‹ Und so der Reihe nach, wie sie aus der Schachtel kommen, werden die Hirten vorgestellt. Der Vater stellt sie den kleineren Kindern vor, die sie auf diese Weise jedes Jahr an Weihnachten wiedererkennen und sie liebhaben wie Familienangehörige. Das sind Leute aus dem wirklichen Leben, auch wenn sie historisch gar nicht stimmen, wie der Mönch oder der Jäger mit dem Gewehr.«

* Stück von Eduardo De Filippo, in dem es um eine Weihnachtskrippe geht.

»Dann gibt es da ja auch noch den Koch, den Tisch mit den zwei sitzenden Paaren, den Melonenverkäufer, den Gemüsemann, den Kastanienverkäufer, den Weinhändler, den Fleischer.«

»Naja«, sagt Salvatore, »auch damals mußten die Leute eben schon bis in die tiefe Nacht schuften, um durchzukommen.«

»Außerdem ist da auch noch die Wäscherin«, fährt Saverio fort, »der Hirt, der die Hühner trägt, der Fischer, der in ganz richtigem Wasser fischt, das aus der Wanne hinter der Krippe kommt.«

»Mein Papa«, sagt Luigino, »schaffte es immer, die ein bißchen angeknacksten Figuren so aufzustellen, daß kein Mensch merkte, daß ihnen ein Arm oder ein Bein fehlte; er sagte zu mir: ›Luigino, jetzt findet dein Papa ein Plätzchen für diesen armen kleinen Hirten, der einen Schenkel verloren hat‹ und stellte ihn hinter einer Hecke oder einem Mäuerchen auf, und dann erinnere ich mich auch, daß wir einen Hirten hatten, der jedes Jahr irgendein Stückchen verlor, so daß am Schluß nur noch der Kopf da war, und den stellte mein Papa dann in das Fensterchen eines Hauses. Die Häuschen machte mein Papa immer aus Arzneischachteln und beleuchtete sie von innen, und das ganze Jahr über, wenn ich irgendeine Medizin nehmen mußte, zum Beispiel einen Hustensaft, den ich nicht mochte, nahm er die Schachtel und sagte: ›Luigino, diese Schachtel bewahren wir auf bis Weihnachten, dann machen wir ein schönes Häuschen für die Krippe daraus, aber zuerst mußt du jetzt ganz lieb die Arznei nehmen, die da drin ist, denn wie soll Papa sonst das Häuschen machen?‹«

»Und wenn dann Mitternacht kam«, fährt Salvatore fort, »machten wir eine Prozession durchs ganze Haus und sangen *Tu scendi dalle stelle.* Der Kleinste der Familie vorneweg mit dem Jesuskind und die anderen alle hinterher mit einer brennenden Kerze in der Hand.«

»Krippe! Geruch nach Fischleim, Korken für die Berge, Mehl für den Schnee …«

Sebastiano Vassalli
Der Weihnachtsroboter

✶

Dezember 2003. Schlagzeilen: »Invasion irdischer Roboter auf dem Mars. Nach Beagle-2, der Weihnachten landet, folgen im Januar Spirit und Opportunity der NASA. Auf Rädern werden sie den Marsäquator erkunden.«

Den Menschen auf dem Mond hatte schon Ariost vorausgesehen, wenn auch nur in jener phantastischen Form, die einem Dichter wie ihm, der sich keine technischen Fragen stellt, angemessener ist. Man brauchte nur ein geflügeltes Pferd, und schon gelangte man dorthin. Den Menschen auf dem Mars kennen wir bisher – und wer weiß, wie lange noch – nur aus der Science-Fiction-Literatur. Dabei sind Venus und Mars unsere direkten Nachbarn, wir wohnen, in astronomischen Entfernungen ausgedrückt, sozusagen im selben Stockwerk: nur fünfzig Millionen Kilometer zur Venus und weniger als achtzig zum Mars! Lächerlich im Vergleich zu der Entfernung, die die Erde von jedem anderen Planeten irgendeines anderen Sonnensystems trennt. Nun haben wir allerdings begonnen, uns ernsthaft mit unserem Stockwerk zu beschäftigen; und früher oder später werden wir bei unseren Nachbarn an die Tür klopfen. Bis dahin behalten wir sie im Auge. Die Marsmenschen – wenn sie denn existieren (und es ist nicht gesagt, daß sie uns ähneln: Sie könnten auch so groß wie ein Stecknadelkopf sein, eine flüssige oder gasförmige Konsistenz haben) – müssen sich langsam von unseren Sonden, Satelliten und Robotern beobachtet fühlen, die auf sie einregnen und dazu da sind, uns über ihren Planeten so viele Informationen wie möglich zu liefern. Was treibt die Menschen zum Mars: derselbe Bereicherungsdrang, der die Konquistadoren nach Amerika trieb? Oder vielleicht jenes Streben nach ›Erkenntnis‹, das den Danteschen Odysseus dazu brachte, über die Säulen des Herkules hinauszusegeln? Es ist schwer, darauf eine eindeutige Antwort zu geben. Ich denke jedoch, daß die Menschen, vielleicht unbewußt, vor allem Gesellschaft suchen. Wir sind allein im Universum: Oder falls wir es nicht sind, fühlen wir uns doch schrecklich vernachlässigt, weil uns von nirgendwo Lebenszeichen anderer Wesen erreichen, die sich dieselben Fragen stellen wie wir, und weil wir jemanden brauchen, der uns hilft, unsere nur allzu menschlichen Streitereien zu lösen. Was sollte uns der Weihnachtsroboter bringen? Die Antwort ist einfach: Er sollte uns einen Feind schenken. Einen äußeren Feind, weit genug entfernt, um keine unmittelbare Gefahr darzustellen, aber real genug, um uns zu zwingen, unseren häuslichen Zwist ganz oder teilweise beizulegen. Einen Feind, der uns Menschen ab und zu Angst einjagt und uns so erschreckt, daß Israelis und Palästinenser, Muslime und Christen, norditalienische Separatisten und Italiener, und wer uns sonst noch einfällt, sich einigen. Wie können wir uns untereinander lieben, wenn wir keinen Feind haben?

Giorgio Manganelli

Die Krippe

✶

Wenn Weihnachten naht, ergießt sich ein Gefühl des Unglücks über die ganze Erde, dringt ein in alle Zwischenräume, und man erwacht morgens mit dem im Lauf des Jahres manchmal aussetzenden Gefühl, es sei unerträglich, vielleicht unanständig, eine Lästerung, auf solche Weise zu leben. Merkwürdig, daß ich Lästerung, ein substantiell frommes Wort, gewählt habe, um das weihnachtliche Unglücksgefühl zu beschreiben. Mir ist es nämlich, als wäre im Unterschied zu der sozusagen privaten Niedergeschlagenheit, die wir in verschiedenen Augenblicken des Jahres durchmachen, diese hier eine finstere Verdrossenheit, die etwas Astronomisches hat, an der auch Gestirne beteiligt sind, vielleicht ist die Traurigkeit, die ich für meine eigene halte, eine Affektion, die bis an die äußersten Stellen des Universums reicht, und darüber hinaus, wenn es ein Darüberhinaus gibt.

Belanglose Geschehnisse werden bedeutend: Heute früh verschob sich das Metallarmband meiner Uhr, der Ärmel verdeckte das Zifferblatt; als sollte das heißen, es sei nicht angebracht, nicht vorsichtig, daß ich die Zeit weiß, in der ich momentan lebe; daß diese Uhr sich gegen meinen Blick sträubt, ist ein Zeichen dafür, daß die Dinge in Unordnung geraten sind. Ich habe bemerkt, wenn meine Uhr zu leiden anfängt, neigt sie dazu, eine beliebige Stunde anzuzeigen, der sich neunundfünfzig Minuten anschließen; und es ist nicht leicht zu sagen, welche Beklemmung mir diese offene Anspielung ihrer immerfort kreisenden Zeiger auf irgendeine permanente Katastrophe verursacht. Ich habe »kreisenden« geschrieben, und mir fällt auf, auf welche Weise dieses Wort auf andere, doch verwandte Wesenheiten anspielt: die kreisenden Uhrzeiger und die kreisenden Sphären der Himmel, die einen und die anderen bestrebt, den Takt zu einem Vorgehen zu schlagen, das nicht weniger unvermeidlich als ruinös ist. Aber warum ruinös? Ich bin nicht in der Lage, dieses Gefühl zu bestätigen, vielleicht müßte ich sagen zu bekräftigen; aber das Gefühl, dieser Kampf des Seins mit dem Nichts sei letzten Endes vergeblich, sitzt tief, und in Wirklichkeit spüren wir, daß wir armselige Fußsoldaten in einem Krieg sind, von dem wir nichts wissen, außer daß er seit eh und je verloren ist.

Ich weiß nicht, ob einige weihnachtliche Gewohnheiten allen Städten gemeinsam sind, in denen Weihnachten gefeiert wird; vermute aber, sie werden sich nicht sonderlich unterscheiden; zum Beispiel der Erwerb von Nahrungsmitteln, das offenkundige Zeichen eines Schwächegefühls, das die Lebenden ergreift; die gespielte Verstärkung der Familienbande: Denn man pflegt in einer mir schamlos erscheinenden Weise Großeltern, Urväter, Enkel und nicht selten auf zweideutige Manier hinzuerworbene Verwandte zusammenzutrommeln; doch wird diese Gepflogenheit entschuldigt durch die unterschwellige Panik, durch das Gefühl, daß jedesmal abgezählt wird wie auf einem sinkenden Schiff, das aber nicht wegen eines Sturms oder eines Schiffbruchs sinkt, sondern wegen der zu seinem Wesen gehörenden Veranlagung zum Sinken.

Schließlich wird behauptet, dieses Fest sei besonders den Kindern gewidmet. Ich war auch einmal ein Kind, denn in diesem Teil der Galaxie gehört die Kindheit, eine lange, langsame Kindheit, zu den notwendigen Riten für die Herstellung eines Todgeweihten; aber ich habe an jenes Alter wenige und keineswegs nur lauter liebenswerte Erinnerungen. Warum aber, frage ich mich, ein Fest für die Kinder inszenieren? Ist es eine Art kollektiven Mitleids mit diesen Wesen, die ihre kargen Monate der Unsterblichkeit durchleben? Oder ist es nicht eher so, daß diese Kinder benutzt werden, wie meine Uhr, als entschieden trügerische Zeichen, die dem Zerfall der Welt die Stirn bieten müssen? Möglich, und, ob es wahr ist oder falsch, die Geschichten von Kindern, die mit Feuer und Schwert den Göttern geopfert wurden, scheinen darauf anzuspielen, auf den Versuch nämlich, aus der Kindheit Kapital zu schlagen, um den Unstern, der die Welt bedroht, zu stunden; und ich verwende »Unstern« mit etymologischer Pedanterie, denn es soll sichtbar bleiben, daß es sich nicht um eine jahreszeitlich bedingte üble Laune handelt, sondern um eine kosmische Übelkeit, die, von meiner Uhr ausgehend, zu so etwas wie einem epidemischen, universalen Übelsein bis zu den fernsten Sternen fortschreitet.

Da muß man sich fragen, ob es nicht genügen würde, diesem Weihnachten ein Ende zu bereiten, um dieser fein ausgeklügelten, erfindungsreichen, majestätischen Erkrankung zu entkommen. Aber man weiß, Weihnachten sieht keine Flucht vor; auf keine Weise.

In Wirklichkeit ist es nicht klar, warum man nicht ohne dieses Weihnachten auskommen kann; sollten einige Städte versucht haben, es aufzuheben, so ist alles, was man sagen kann, daß es ihnen nur für ein paar Jahre geglückt ist, was ziemlich wenig ist im Vergleich zu den Jahrhunderten, seit denen sich dieses Fest regelmäßig wiederholt wie eine Krankheit mit alljährlichen Fieberanfällen. Den Vorsitz über dieses Fest führen Priester; und man könnte ohne weiteres argumentieren, es liege in ihrem Interesse, dessen Feier in der Hand zu haben; und so wird es auch sein; doch haben diese *antistites* keinen Anteil an der allgemeinen Hysterie, an dem trotzigen Schmerz, der das Merkmal der Weihnachtstage ist. Man füge hinzu, daß unsere Priester – ich meine die aus dieser Stadt, denn von den anderen weiß ich nichts – ein züchtiges Leben predigen; während die Traurigkeit, von der ich vorhin sprach, zur Bosheit wird, und man ißt und trinkt und treibt Unzucht, um mit einer vorgetäuschten Fröhlichkeit eine unruhige Verzweiflung zuzudecken. Aber dann behaupten ihrerseits diese Priester, unbedeutende, nicht ganz schlechte, aber durchaus belanglose Leute, dieses Fest sei von der Religion gewollt, zu der sie sich bekennen, und die sei ein spiritueller abstrakter Leib, eine *anima mundi*; womit sie, wenn ich recht verstehe, meinen, da diese Religion von ihrem Gott gewollt ist, ist es dieser Gott selbst, der ein Geburtstagsfest verlangt; sie fügen aber hinzu, daß dieses Fest, dem Gott lieb, von der Religion gewollt, von den Priestern verwaltet, so beschaffen ist, daß es dem Herzen der Gläubigen Trost spendet, und daran zweifle ich eigentlich; entweder gibt es nur noch wenige wahrhaft Gläubige oder, ob gläubig oder nicht, die Beklemmung dieser Feiertage befällt alle. Wenn also die Priester zu unbedeutend sind, um dieses Fest anzuordnen, wenn es nicht klar erscheint, auf welche Weise es die Religion, zu der sie sich bekennen, anordnen kann; wenn dieses Fest niemandem, weder einem Gläubigen noch einem Ungläubigen, nützt; dann bleibt zu sehen, ob nicht etwas Wahres an dem ist, was als die verstiegenste Behauptung erscheint, daß es nämlich von einem Gott gewollt und angeordnet wurde.

Natalia Ginzburg
Winter in den Abruzzen

✶

Deus nobis haec otia fecit

In den Abruzzen gibt es nur zwei Jahreszeiten: Sommer und Winter. Der Frühling ist schneereich und windig wie der Winter, und der Herbst ist warm und klar wie der Sommer. Der Sommer beginnt im Juni und endet im November. Die langen Sonnentage auf den niedrigen und ausgedörrten Hügeln, der gelbe Staub der Straßen und die Ruhr der Kinder nehmen ein Ende, und es beginnt der Winter. Dann ist es aus mit dem Leben auf der Straße. Die barfüßigen Kinder verschwinden von der Kirchentreppe. Im Dorf, von dem hier die Rede ist, verschwanden nach den letzten Ernten auch die meisten Männer. Sie suchten Arbeit in Terni, Sulmona und Rom. Es war ein Dorf von Maurern. Viele Häuser und Terrassen und kleine Säulen zeigten sich anmutig wie Villen. Man war überrascht, in große, dunkle Küchen mit aufgehängten Schinken zu kommen, in weite, düstere und leere Zimmer. Überall in den Küchen brannte das Feuer, und es gab verschiedene Arten davon: prächtige Feuer aus brennenden Buchenklötzen, Feuer aus Laub und dürren Zweigen, aus Wurzeln, die man unterwegs da und dort aufgelesen hatte. Es war leicht, die Armen und die Reichen nach ihren Feuern zu unterscheiden, leichter, als wenn man sie nach ihren Häusern hätte beurteilen müssen, nach ihren Kleidern oder Schuhen, die sich mehr oder weniger glichen. Als ich ins Dorf kam, von dem ich spreche, schienen in der ersten Zeit alle Gesichter gleich für mich. Alle Frauen sahen sich ähnlich, die reichen und die armen, die jungen und die alten. Fast alle hatten einen zahnlosen Mund. Die Frauen dieser Gegend verlieren ihre Zähne schon mit dreißig Jahren durch die harte Arbeit, die ungesunde Nahrung, die Anstrengung des Stillens und der Geburten, die unaufhörlich aufeinanderfolgen. Nach und nach jedoch begann ich Vicenzina von Secondina, Annunziata von Addolorata zu unterscheiden und fing an, in jedem Hause ein und aus zu gehen und mich an den verschiedenen Feuern zu wärmen.

Als der erste Schnee fiel, überkam uns eine tiefe Traurigkeit. Wir waren im Exil. Fern war unsere Stadt, und fern waren die Bücher, die Freunde und die wechselvollen Geschehnisse eines wirklichen Daseins. Wir heizten unsern grünen Ofen mit seinem langen Rohr, das die Decke durchbrach, und in diesem Zimmer mit dem Ofen versammelten wir uns alle. Hier wurde gekocht und gegessen, und hier, an dem großen, ovalen Tisch, schrieb mein Mann. Auf dem Boden lagen die Spielsachen der Kinder herum, an der Decke prangte ein gemalter Adler. Ich betrachtete ihn und dachte: Das ist das Exil. Ja, das Exil war der Adler, der grüne, brummende Ofen, die unendliche Stille der Landschaft und der starre Schnee. Um fünf Uhr läuteten die Glocken der Kirche Santa Maria, und die Frauen mit roten Gesichtern und schwarzen Umhangtüchern begaben sich zum Abendsegen. Jeden Abend machten mein Mann und ich einen Spaziergang, jeden Abend wanderten wir Arm in Arm durch den tiefen Schnee. Die Häuser zu beiden Seiten der Straße waren von befreundeten und bekannten Menschen bewohnt. Alle traten vor die Tür und wünschten uns gute Gesundheit. Zuweilen fragte der eine oder andere: »Wann werdet ihr eigentlich nach Hause zurückkehren?« Und mein Mann antwortete: »Wenn der Krieg zu Ende ist.« »Und wann ist dieser Krieg endlich zu Ende? Du, der du alles weißt und ein Professor bist, wann wird er zu Ende sein?« Sie nannten meinen Mann »den Professor«, da sie seinen Namen nicht aussprechen konnten, und kamen von weit her, um ihn über alles mögliche zu befragen: in welcher Jahreszeit die Zähne gezogen werden sollten, über die Unterstützungen, die man von der Gemeindeverwaltung beziehen konnte, über Taxen und Steuern. Im Winter starb zuweilen ein alter Mann an einer Lungenentzündung, die Glocken von Santa Maria läuteten zum Begräbnis, und der Schreiner Orecchia verfertigte den Sarg ... Eine Frau wurde wahnsinnig; man brachte sie ins Irrenhaus von Collemaggio, und das ganze Dorf schwatzte noch eine Weile darüber. Es war eine junge, saubere Frau, die sauberste im ganzen Dorfe. Man sagte, ihr übertriebenes Reinemachen sei daran schuld gewesen ... Die Frau von Gigetto di Calcedonio schenkte ihrem Mann Zwillinge, Mädchen, und dabei hatten sie bereits ein männliches Zwillingspaar zu Hause. Der Mann vollführte im Gemeindehaus ein großes Geschrei, weil man ihm keine Unterstützung geben wollte, da er manches Stück Land besaß und einen Gemüsegarten, so groß wie sieben Städte. Rosa, der Schulwartsfrau, spuckte einer Nachbarin ins Auge. Nun ging sie mit verbundenem Auge herum, damit sie eine Entschädigung beziehen könne. »Das Auge ist empfindlich und die Spucke gesalzen«, erklärte sie. Auch darüber wurde eine Weile geklatscht, bis nichts mehr zu sagen war.

Mit jedem Tag wuchs unser Heimweh. Oft war es sogar angenehm, wie eine zärtliche und leicht berauschende Begleitung. Briefe kamen aus unserer Stadt mit Nachrichten von Hochzeiten und Todesfällen, von denen wir ausgeschlossen blieben. Zuweilen aber war das Heimweh stechend und bitter, es wurde zum Haß. Wir haßten dann Domenico Orecchia, Gigetto di Calcedonia, Annunziatina, die Glocken von Santa Maria. Den Haß aber verbargen wir, da wir ihn für ungerecht hielten. Unser Haus war immer voller Leute, die irgendeinen Liebesdienst verlangten oder uns einen erweisen wollten. Manchmal kam die kleine Schneiderin ins Haus, um uns Pfannkuchen zu backen. Sie band sich ein zerschlissenes Tuch um die Hüften, schlug die Eier schaumig und schickte Crocetta ins Dorf, um ausfindig zu machen, wer uns einen großen Kochtopf leihen könnte. Ihr rotes Gesicht hatte einen versonnenen Ausdruck, und aus ihren Augen strahlte ein gebieterischer Wille. Sie hätte das Haus in Brand gesteckt, damit ihre »Sagnoccole« gut gerieten. Ihr Kleid und ihre Haare waren vom Mehl bestäubt, und auf dem ovalen Tisch, an dem mein Mann schrieb, wurden Pfannkuchen ausgebreitet.

Crocetta war unser Dienstmädchen, erst vierzehn Jahre alt; die kleine Schneiderin hatte sie für uns gefunden. Diese Schneiderin teilte die Welt in zwei Gruppen; in jene, die sich kämmen, und in jene, die sich nicht kämmen. Vor denen mußte man sich hüten, denn natürlich hatten sie Läuse. Crocetta kämmte sich, und darum war sie auch bei uns im Dienst und erzählte den Kindern lange Geschichten von Toten und von Friedhöfen. Es war einmal ein kleiner Knabe. Seine Mutter starb, und der Vater nahm eine andere Frau. Doch die Stiefmutter liebte das Kind nicht. Eines Tages, als der Vater auf dem

Felde war, tötete sie es und kochte eine Suppe davon. Der Vater kehrte heim und aß. Als er gegessen hatte, begannen die Knochen im Teller zu singen:

Meine böse Stiefmutter
hat im Topf mich gekocht;
verzehrt hat mich Vater
als leckere Kost …

Da griff der Vater zum Rebenmesser und tötete die Frau. Draußen am Türpfosten hing er sie an einem Nagel auf.

Zuweilen ertappe ich mich, daß ich diese Worte vor mich hin murmle. Dann ersteht vor meinen Augen wieder das ganze Dorf mit dem besonderen Geruch seiner Jahreszeiten, mit dem eisigen Hauch des Windes, dem Klang der Glocken.

Jeden Vormittag ging ich mit den Kindern aus. Die Leute wunderten sich und mißbilligten, daß ich sie der Kälte und dem Schnee aussetzte. »Was haben denn diese armen Geschöpfe verbrochen?« fragten sie. »Das ist doch kein Wetter zum Spazierengehen. Geh nach Hause!« Wir machten lange Wanderungen durch die weiße, einsame Landschaft, und die wenigen Menschen, denen wir begegneten, betrachteten die Kinder voller Mitleid. »Was haben sie denn verbrochen?« klagten auch sie. Wenn in jenem Dorf im Winter ein Kind zur Welt kommt, darf es bis zum Sommer nicht an die frische Luft getragen werden. Um die Mittagszeit kam mein Mann jeweils mit der Post nach. Dann kehrten wir alle zusammen nach Hause zurück.

Ich erzähle den Kindern von unserer Stadt. Sie waren noch sehr klein, als wir sie verlassen hatten, und vermochten sich an nichts zu erinnern. Ich schilderte ihnen die Häuser mit den zahlreichen

Stockwerken, die vielen Straßen und all die schönen Läden. »Und wir? Haben wir hier nicht den Girò?« sagten die Kinder.

Der Laden von Girò befand sich gerade vor unserem Hause. Girò stand unter der Tür wie eine alte Eule und starrte mit runden, gleichgültigen Augen auf die Straße. Fast alles konnte man bei ihm kaufen: Lebensmittel, Kerzen, Karten, Schuhe und Orangen. Wenn die Ware eintraf und Girò die Kisten leerte, eilten die Kinder herbei, um die faulen Orangen zu essen, die er wegwarf. Zu Weihnachten gab es auch Torrone, Likör und Karamellen. Aber um keinen Soldo billiger gab Girò seine Waren. »Wie schlecht du bist, Girò, wie schlecht!« klagten die Frauen, und Girò antwortete: »Wer gut ist, den fressen die Hunde.« Zu Weihnachten kehrten die Männer von Terni, von Sulmona und von Rom zurück, um sofort wieder abzureisen, sobald sie die Schweine geschlachtet hatten. Für einige Tage wurden dann nur Grieben und scharfe Würste gegessen, und viel dazu getrunken. Und etwas später erfüllte das Quieken der Ferkel die Straße.

Der Februar machte die Luft feucht und weich. Graue, schwere Wolken zogen am Himmel hin. Es war ein Jahr, in dem während des Tauwetters die Dachtraufen brachen. So regnete es in die Häuser, und die Zimmer wurden überschwemmt. Im ganzen Dorf blieb kein Haus verschont. Die Frauen leerten die Wasserkessel zu den Fenstern hinaus und fegten mit dem Besen das Wasser aus der Haustüre. Es gab Leute, die sich mit offenem Regenschirm zu Bett legten. Domenico Orecchia behauptete, das sei die Strafe für irgendeine Sünde. Und dieses Unwetter hielt länger als eine Woche an. Dann schmolz endlich auch das letzte Restchen Schnee von den Dächern, und Aristide flickte die Dachtraufen.

Als der Winter zu Ende ging, regte sich in uns eine leise Unruhe. Vielleicht würde uns irgendwer besuchen. Vielleicht war doch endlich irgend etwas geschehen. Einmal mußte unsere Verbannung doch ein Ende haben ... Die Straßen, die uns von der Welt trennten, erschienen uns jetzt kürzer; die Post kam häufiger. Langsam heilten auch unsere Frostbeulen.

Es gibt etwas eintönig Gleiches in den Schicksalen der Menschen. Unser Leben entwickelt sich nach alten, unverrückbaren Gesetzen, nach einem gleichmäßigen alten Rhythmus. Träume verwirklichen sich nie, und kaum haben sie sich verflüchtigt, erkennen wir jäh, daß wir die größten Freuden unseres Lebens außerhalb der Wirklichkeit zu suchen haben. Kaum haben die Träume sich verflüchtigt, verzehren wir uns vor Sehnsucht nach der Zeit, da sie uns erfüllten. Und in diesem Wechsel von Hoffnung und Sehnsucht verläuft unser Schicksal.

Einige Monate nachdem wir das Dorf verlassen hatten, starb mein Mann im Gefängnis von Regina Coeli. Beim Gedanken an diesen grauenvollen, einsamen Tod, an die Ängste, die ihm vorangingen, frage ich mich, ob dies wirklich uns passiert ist, uns, die wir Orangen bei Girò kauften und im Schnee spazierengingen. Damals glaubte ich an eine glückliche und frohe Zukunft, reich an erfüllten Wünschen, an gemeinsamen Erfahrungen und Unternehmungen. Und doch war jene Zeit die beste meines Lebens, und erst jetzt, da sie mir für immer entschwunden ist, erst jetzt weiß ich es.

Leonardo Sciascia
Weihnachten im Schnee

✶

Aus dem Radio erfahre ich, daß Regalpetra vom Schnee eingeschlossen ist, sie erzählen wer weiß was über die Versorgungsprobleme und die Schneehöhe, lauter Dinge, die die Einwohner von Regalpetra gar nicht gewahr geworden sind. Sicher, es gibt viel Schnee, aber die Läden sind voll, die Züge kommen an, und die Straßen sind befahrbar.

Ein Freund schreibt mir, in einem Dorf an der Ostküste sei ein Hilfskonvoi eingetroffen. Das Dorf hatte nicht eine einzige Schneeblüte vom Himmel fallen sehen, die Leute vom Autokonvoi haben Decken und Lebensmittel verteilt, die Einwohner waren hocherfreut über die unverhoffte Bescherung. Ich neige zu der Vermutung, daß gar kein Ort wirklich eingeschlossen, daß aus dem Schneefall eine Komödie *all'italiana* entstanden ist. Wahr ist allerdings: Die Männer können nicht arbeiten, die armen Leute leiden unter der Kälte. Doch es ist vielleicht ein wenig übertrieben, die Feuerwehrmänner durch Ausrufung des Notstands in der Kaserne zu halten und Autokolonnen von mutigen Helfern in die Dörfer zu schicken. Man glaubt Kriegsbulletins zu hören: Die Präfekten, die Offiziere der Carabinieri, die Polizeipräsidenten leiten die Expeditionen. Dramatisch verkündet das Radio, ein Konvoi mit Lebensmitteln, Decken und Medikamenten, angeführt von irgendeinem hohen Tier, sei auf dem Weg in ein Dorf im Madonie-Gebirge. Die Hörer stellen sich ein Dorf in Sibirien vor, die Autokolonne als eine Reihe schwarzer Ameisen im weißen Wirbelsturm. Werden die heroischen Helfer es schaffen, bis in das kleine, abseits in einer Gebirgsfurche gelegene Dorf durchzukommen? Wird der Schneesturm sie aufhalten, werden sie sich nicht verfahren im weißen Tod? Kintopp also.

So haben wir, als ob es uns an gewöhnlichen Katastrophen mangelte, eine außergewöhnliche erfunden. Und wenn der Schneefall noch ein wenig anhält, bekommen vielleicht auch die armen Leute in Regalpetra noch ihre Decken und ihre Schüssel Pasta.

Wie üblich erzählen mir die Jungen auf einer Seite in ihrem Aufgabenheft, wie sie Weihnachten verbracht haben: Alle haben Karten gespielt, scopa, *sette-e-mezzo* und *ti vitti (ti ho visto* – ich hab dich gesehen: ein Spiel, das nicht die geringste Unaufmerksamkeit gestattet); sie waren in der Mitternachtsmesse, haben Hähnchen gegessen und sind ins Kino gegangen. Einer behauptet, er habe gelernt, vom Morgengrauen nach der Messe bis zum Mittag, das ist natürlich gelogen. Im großen und ganzen haben alle das gleiche gemacht, aber einer erzählt im Stil einer alten Chronik: »Die Weihnachtsnacht verbrachte ich mit Kartenspielen, dann ging ich in die Hauptkirche, die voller Menschen und hell erleuchtet war, und um sechs Uhr ereignete sich die Geburt Jesu.«

Drei Jungen haben jedoch nicht von der nächtlichen Messe erzählt, sie schrieben ohne bewußte Bitterkeit sehr bittere Dinge: »Am Weihnachtstag habe ich Karten gespielt und vierhundert Lire gewonnen und von diesem Geld habe ich zuerst die Hefte und die Feder gekauft und von dem was übrig war bin ich ins Kino gegangen und habe meinem Vater die Eintrittskarte bezahlt damit er sein Geld nicht ausgeben mußte und er hat mir drinnen sechs Bonbons und eine Brause gekauft.« Der Junge war glücklich, er hat sich seinem Vater gegenüber als Freund verhalten, als er ihm die Eintrittskarte bezahlte, und hat dann die sechs Bonbons und die Brause bekommen. Vorher hatte er schon die Hefte und die Feder gekauft. Das war für ihn ein schönes Weihnachtsfest. Allerdings hätte ich Weihnachten gern anders für ihn gehabt, unbeschwerter. Und noch trauriger war Weihnachten für den Jungen, der schrieb: »Am Weihnachtstag habe ich mit meinen Vettern und meinen Freunden gespielt. Ich hatte zweihundert Lire gewonnen und als ich nach Hause kam hat mein Vater sie mir weggenommen und ist sich amüsieren gegangen.« Nie habe ich etwas Traurigeres in den oft trostlosen Berichten gelesen, die die Jungen mir über diese Tage schreiben. Ich sehe das Haus, feucht und dunkel, im Viertel San Nicola, dem ärmsten des Ortes, und den Jungen, der weint (vielleicht hat er sogar noch eine Ohrfeige bekommen und ist ausgeschimpft worden) wegen der zweihundert Lire, die er beim Spiel eingeheimst hatte und wer weiß wofür ausgeben wollte, vielleicht sogar für Hefte und Feder; und der Vater geht mit den armseligen paar Hellern seines Kindes einen trinken, sich besaufen. Nie ist mir das Elend in seiner ganzen blinden Grausamkeit so deutlich geworden wie durch diese kleine Geschichte. Recht besehen, enthält sie alle Elemente, die die Tragödie unseres Lebens ausmachen – zumindest meines Lebens hier in diesem notleidenden Ort. Und das große Fest der Christenheit, das Hintergrund und Voraussetzung dieser Episode bildet, wird angesichts dieses weinenden

Kindes in seinem dunklen Haus zu einer blasphemischen Parodie.

»Am Weihnachtsmorgen«, schreibt ein anderer, »hat meine Mutter mich mit warmem Wasser überrascht, damit ich mich von oben bis unten waschen konnte.« Das Fest hat ihm nichts gebracht, was schöner gewesen wäre. Nachdem er sich gewaschen, abgetrocknet und angezogen hatte, ist er mit seinem Vater »zum Einkaufen« gegangen. Später gab es Reis in Brühe und Hähnchen. »Und so habe ich das heilige Weihnachtsfest verbracht.«

Franco Stelzer

Das erste Weihnachten ohne meine Mutter

✶

Wir brieten ihn und brieten ihn.

Und als er dann vor uns lag, auf dem Rücken, mit gespreizten Beinen, vorstehendem Bauch, wie ein ungehörter Schrei hinauf zur Decke unserer Küche, und seine Schenkel echt amerikanisch mit Papierbüscheln geschmückt waren und ein verdorrter Rosmarinzweig stolz und vorwitzig aus seinem Arschloch hervorsah … na gut, als er so vor uns lag, von einem Chirurgenteam à la lustige Spätsemester recht und schlecht zusammengeflickt …, da … trugen wir ihn feierlich auf, die Kerzenlichter bebten über der festlichen Tafel, kostbar funkelte das Silber, die Serviettenhalter, die Käsedose, die geblümten Suppenschüsseln, der Duft des Brots, die Salzstreuer, der Wein und seine goldgelbe Farbe … alles hatte eine andere, intimere und neue Wärme, weniger Familie und Weihnachten, mehr Neuheit, die wir alle mit etwas hätten füllen sollen … denn das war tatsächlich das erste, das allererste Weihnachten, das erste in unserem Leben, das wir verbrachten ohne sie.

Wir gingen mit der Platte hinein, die Kartoffelhäufchen belagerten den Truthahn von allen Seiten, schoben sich hoch an seinen Hüften, seinen Schenkeln, seiner Brust und seinem Hals … und sie unterstützten seinen Triumph, wie die jungen Männer im Süden, wenn sie, von Schweiß und Alkohol durchnäßt, im Unterhemd unter der Last der Statue ihres Schutzpatrons torkeln. Und uns schien es, als unterscheide sich der stumpfsinnige Gesichtsausdruck des Heiligen nicht sonderlich von dem unseres Truthahns, der zwar kein Angesicht hatte, aber einen Hals, eine Brust, Schenkel, einen Bauch … und, wie gesagt, einen Arsch …

Wir gingen also hinein und erregten ein ehrfürchtiges, devotes Gemurmel bei unseren Verwandten vom Land, die im golden schimmernden Licht der Vorhänge, in der gemütlichen Wärme der Heizkörper und der Küchendünste schon ihre schlappen Gebisse schliffen … Gut kauen, langsam kauen, sagten sie zu sich, kleine Bissen, gut gemahlen, so ehrt man die Tafel des Gastgebers, zum Abendessen reicht dann ein Milchkaffee … Gut kauen, langsam kauen …

Zwischen den Flaschen und Gemüseschüsseln wurde Platz geschaffen, und der riesige, prächtige Körper wurde langsam hinabgelassen, machte auf einmal einen Ruck, neigte sich plötzlich, wäre beinahe in die Salatschüssel abgestürzt, um dann sein Gleichgewicht wiederzufinden und bebend in der Mitte der Platte zum Stillstand zu kommen, während links und rechts einige Kartoffeln auf das Tischtuch gefallen waren und verängstigt und enttäuscht sofort im aufgerissenen Rachen des Bauernonkels landeten, komm nur her, Kleine, dann zeig ich dir, was Weihnachten ist …

Bis nach dem Gemurmel sich langsam Schweigen einstellte und alle gesammelt das Tier betrachteten, wobei sie vielleicht versuchten, seine Vergehungen, sein Leben auf dem Land, seine Liebschaften, seine

Kämpfe zu erraten … und alle zusammen den Blick zur blitzenden Klinge erhoben, die mein Bruder eingedenk der Anweisungen eines entfernten Verwandten erst noch ungeniert schliff, um sie dann entschieden auf die Brust des Tiers hinabzusenken, schräg nach unten gleiten zu lassen, ein schmackhaftes Stück abzuschneiden, auf die Teller zu legen, die wir ihm der Reihe nach reichten.

Und so ging alles seinen Gang unter gutheißendem Stöhnen, Seufzen, Schnalzen, gewagten und übertriebenen Glossen, unbändiger Begeisterung … bis so ungefähr beim sechsten Stück allmählich etwas zum Vorschein kam, etwas sich in unsere Reihen schlich … etwas, das wir nicht vorausgesehen hatten, etwas, das an keinem Weihnachten seit Menschengedenken je passiert ist und nie passieren dürfte, etwas, das keiner von uns jemals später vergessen sollte. Der Truthahn, der Truthahn, das riesige Federvieh, das gut die Hälfte der festlichen Tafel einnahm, der unschuldige, hochnäsige Vogel, den wir eigentlich erworben hatten, um unsere Einsamkeit zu retten und eine neue, ungewohnte Freiheit einzuführen, also gut, das rechtschaffene Tier war nicht gebührend gebraten … nein, es war schlichtweg roh geblieben. Freilich war die oberste Schicht der Schlegel, der erste knappe Zentimeter von einer genügenden Temperatur erreicht worden, aber dann kullerten bei jedem Gabeldruck dicke Blutstropfen aus den Rippen, und wenn man nur die glänzende angebräunte Haut ein wenig zurückschob, dann blitzte darunter hellrotes Fleisch, und die Verbindungen von Muskeln und Sehnen, die Adern zeichneten sich deutlich ab, ganz zu schweigen von der enormen, festen Masse der Füllung … ein Kilo Bauchspeck, Würste, aufgeweichte Dörrpflaumen, Oliven, Mandeln,

Kastanien … das Feinste vom Feinen … bei einer näheren Untersuchung trat das Ganze nach und nach mit der schweren, niederschmetternden Drohung des Unausweichlichen zutage.

»Aber … der ist ja roh …«, murmelte einer der Verwandten vom Land.

»Er ist praktisch noch lebendig … ist nur ein bißchen ohnmächtig geworden«, sagte, wissenschaftlich wie immer, mein Bruder.

»Ich geh ein paar Spaghetti aufsetzen«, sagte meine Schwester, die als einzige in der Lage war, über die unmittelbaren finsteren Umrisse der Tragödie hinauszublicken. Und das tat sie auch. Während wir die Leiche langsam in die Küche transportierten, sie dabei fassungslos und ungläubig anstarrten.

Wir stellten sie auf den Küchentisch, wo sie abgeschmackt und fast bedrohlich thronte, nun schon die Rippen zeigend, da wir zunächst verzweifelt versucht hatten, ihnen noch ein wenig genießbares Fleisch abzugewinnen, und dort blieb sie den ganzen Abend, das heißt die ganze Zeit über, in der wir uns im Zimmer nebenan die Bäuche vollschlugen mit halbrohen Kartoffeln und Spaghetti … nur mit Butter, versteht sich, weil uns das Unvorhergesehene vollkommen überrumpelt hatte.

Im Verlauf des Abendessens wurde natürlich von nichts anderem geredet, und jeder wußte eine Geschichte zur Stützung der These, daß das Unvorhergesehene in dieser Welt hause, und wie, und außerdem gar nicht so selten, wie man gemeinhin annehme … aber schließlich schlitterten Inhalte und Metaphern unvermeidlich auf das Terrain der Unfallforschung … Unfälle zu Hause und im

Straßenverkehr ... und im Mittelpunkt von allem stand die Vorstellung, daß es auf dieser Erde Wesen gebe, die einfach nicht sterben wollen oder es nicht schaffen zu sterben. Vom zwei- bis dreifachen Selbstmordversuch bis zu dem Motorradfahrer mit den vielfachen Brüchen, der am Unfallort herumgeht und sich den Schädel mit den Händen zusammenhält. Nach der Meinung meines Bruders soll er sogar dem Polizisten ein Stück Nacken zum Halten gegeben haben, um eine Hand zum Unterschreiben des Protokolls frei zu haben, nachher soll er dieses Stück von sich selbst wieder in die Hand genommen und wortwörtlich wieder in seinen Kopf eingesetzt haben, während der Carabiniere ohnmächtig umfiel, wobei er mit dem Kopf auf dem Rand des Gehsteigs aufschlug. Was ein weiteres Element zur Stützung der These vom Unvorhergesehenen und Unausweichlichen lieferte ... »Wenn es passieren muß, dann passiert es ...«, lautete der Kommentar meiner Tante, und alle stimmten gewichtig nickend zu, nun schon sehr mitgenommen von der Geschichte mit dem Leichnam in der Küche, von den blutrünstigen Erzählungen, vom Hunger und vom Wein ...

So daß die dichtere Finsternis, der Nachtisch und der Kaffee kamen, und während die letzten Gäste am Gehen waren, machten wir uns an den Abwasch, aber keiner wagte sich jenseits des Servierwagens, denn keiner wollte aufs neue dem Weihnachtsaas gegenübertreten. Bis mein Bruder todernst uns alle zusammenrief und, unseren Einsatz fordernd, uns alle Anweisungen zur Von-Mund-zu-Mund-Atmung gab: »Wenn ihr mich ablösen müßtet«, sagte er immer wieder; und daraufhin warf er sich bis jenseits der Tür wie ein Polizist aus einer Angriffsstaffel, machte Licht und blieb reglos stehen, wir, an seine

Fersen geheftet, genau in der Mitte des Raums, starrten fassungslos auf das, was geblieben war von dem aufgeputzten Tier, dem gutmütigen, aufdringlichen und schweigsamen Federvieh, von unserem ersten, ungeschickten, gescheiterten Versuch, einen gefüllten Truthahn zu braten, ohne daß uns eine Fee mit Ratschlägen und kurzen, entschiedenen und sehr liebevollen Anweisungen zur Hilfe geeilt wäre, ohne daß ein ruhiger, leichter Wind mit einer sanften Liebkosung die zögernden Flämmchen unserer Kerzen, das noch ein wenig scheue und benommene Lametta und die glänzenden und wirklich allzu zerbrechlichen Kugeln unmerklich hätte schwanken lassen, an diesem unserem ersten feierlichen, so merkwürdigen Weihnachten ohne sie …

Dann gingen wir schlafen. Die Geschenke waren schon ausgepackt, die Verwandten nach Hause gegangen … Das wäre nun der Augenblick gewesen, in dem wir mit einem Schnäpschen in der einen, einer Zigarre in der anderen Hand versucht hätten, uns wie Leute von Welt zu gebärden, aber wir hatten nicht mehr die Kraft dazu. Jeder von uns hatte das Bedürfnis, sich nun zu sammeln, ein wenig nachzudenken, alle Eindrücke des Tages … die Erwartung, die Freude, die große Sehnsucht … zusammenzulegen und in einem geeigneten Bild zu besänftigen … Man weiß … wie hätte es anders gehen sollen … dies war ja der erste Winter, der erste Truthahn, das erste Weihnachten ohne sie.

Der erste Teil der Nacht verlief ruhig. Ich fand in meinem Zimmer die alten Bücher, die Klassenfotos wieder und die Zeitschriften, die ich vor vielen Jahren heimlich gesammelt hatte, weil ich glaubte, sie enthielten das eine oder andere etwas gewagte Bild.

Ich ließ mich vom Schlaf mitnehmen, und es fiel mir nicht schwer, in einen Zustand tiefer, absoluter Ruhe zu versinken. Aber nachdem einige Stunden verstrichen waren, wurde ich von Geräuschen geweckt, die aus der Küche kamen. Geräusche von Tellern, von Schranktüren … da kochte wohl jemand. Ich ging hinunter, und im Halbdunkel erkannte ich die Gestalt meines Bruders, der, auf einem Stuhl sitzend, sich zu dem erleuchteten Backrohr hinunterbeugte.

»Ich habe Hunger bekommen«, sagte er, »ich möchte ihn aufwärmen, mal probieren, ob er sich noch ein wenig braten läßt, wenigstens die Füllung …«, und einstweilen strich er sich ein Butterbrot. »Was soll ich dir sagen, er kommt mir sonst so alleingelassen vor … außerdem war ich wirklich überzeugt, er wäre noch am Leben … es kommt mir vor, als ob …«

Ich war eins mit ihm, im wesentlichen; was den Truthahn anging, waren wir uns vollkommen einig … und wir redeten stundenlang unentwegt weiter, und schon begann das Frühlicht durch die Rolläden zu sickern, und unvermittelt erschien die Welt in immer deutlicheren Umrissen vor uns … so schön, ruhig, feierlich und leicht, wie sie, glaube ich, an jedem Weihnachten erscheinen sollte. Und das Backrohr hatte die ganze Zeit über weitergemacht, aber wir hatten es nicht beachtet und hatten unsererseits einen alten Cognac weitergetrunken, den wir irgendwo hervorgezogen hatten und der gewiß schon lange vorher da war, seit sie nicht mehr da war … und wir gossen ihn vergnügt in uns hinein und aßen dazu riesige Händevoll Erdnüsse und Dörrpflaumen, die von der Füllung übriggeblieben waren.

Gut. Bestens. Von absoluter Güte.

Als dann vom oberen Stockwerk allmählich die ersten, noch leisen Geräusche des Erwachens herunterkamen, waren wir schon völlig beschwipst, und da beschlossen wir, nach unserem so langsamen Braten zu sehen, und stellten fest, daß er auch nicht ein wenig mehr gebraten war und daß die monströse Karkasse unverwandelt, reglos im praktisch kalten Backrohr lag und die hübschen Papierbüschel immer noch an ihrem Platz und fast gar nicht zerknittert waren. Und das einzige, was außer den von den Rippen entfernten Fleischstreifen fehlte, war das unkeusche Rosmarinzweiglein …

Wir schauten uns an, und in unserem Suff, im Bademantel und jeder mit einem Paar Schlappen unseres Onkels, die wir in der Ecke irgendeines Schranks aufgestöbert hatten, so lächerlich wie wir nie gewesen waren, ergriffen wir das Blech an den zwei Seiten und bewegten uns langsam zur Tür, die in den Garten ging. Wir stiegen die Stufen hinunter und standen dann mitten im Schnee, zitternd, halb angezogen, in Pantoffeln, mit einem fünf Kilo schweren Truthahn in den Händen, dazu das Blech und die restlichen Kartoffeln, wobei wir uns in die Augen blickten, jetzt am ersten Weihnachtstag, und überlegten, was wir mit dieser edlen, vielleicht leidenden, gewiß nun schon peinlichen Wesenheit anfangen sollten.
In der Zwischenzeit war das ganze Haus erwacht, und alle, vom Enkel bis zur letzten Tante, sahen uns vom Fenster aus zu, der eine da, der andere dort, jeder versunken in seine Gedanken, mit der Traurigkeit und dem Gefühl der fast unmerklichen Erleichterung des Tags darauf. Wir näherten uns nun

entschieden der Abfalltonne, als auf einmal der Enkel zu brüllen begann. Er dachte gar nicht daran, sich von dem aufgeblasenen Tier zu trennen, er dachte nicht daran, oder jedenfalls nicht auf die Weise, die er als unsere Absicht erriet. Und wir hielten inne, unbewegt, unsere tragische Last in den nun schon steif gefrorenen Händen, bei brüllendem Enkel und angesichts der gesamten Verwandtschaft, die uns anstarrte und eine Entscheidung von uns erwartete.

Die wir trafen. Einfach, sauber, beinahe als hätten wir alles schon im Lauf des Sommers vereinbart.

In der Nähe des Hauses floß ein Bach vorbei, breit genug und tief genug, um in den schönsten Jahren die Schiffe darauf fahren zu lassen, die wir aus Obstkisten bastelten. Und das kam uns in den Sinn, als uns klar wurde, daß ein Leichnam dieser Art nicht einfach in der Mülltonne von uns scheiden konnte wie ein Rest Nudeln mit Fleischsoße. Im Nu war ein Floß zusammengebaut, das bei idealer Wetterlage sich aufs offene Meer hätte hinauswagen können, und als unsere Finger zu Eis geworden und die Pantoffeln unseres Onkels zu unförmigen schlammigen Klumpen … gut, da stach der Leichnam in See, sicher an Bord des unglaublichsten Floßes thronend, das man je gesehen hatte, und begann zuerst langsam, dann allmählich mit immer größerer Geschwindigkeit fröhlich der Strömung zu folgen. Ein paarmal stieß es gegen Äste, die vom Ufer ins Wasser hingen, gegen einige kleine, hervorstehende Felsen, wäre sogar beinahe gekentert, aber erreichte noch unversehrt und sicher die Biegung hinter der Wiese, wo in noch gar nicht so lang vergangener Zeit die unüberwindlichen Säulen des Herkules unserer Existenz gelegen hatten. Nachdem es dann noch einmal fürchterlich gewackelt und gedroht hatte, für immer in den Fluten zu verschwinden, gewann es wie durch einen Zauber das nötige Gleichgewicht, um auf den Wellen der Strömung weiterzufahren, vollführte eine halbe Drehung um sich selber und verschwand ... verschwand für immer ...

Alberto Moravia
Der Weihnachtstruthahn

✶

Als dem Kaufmann Policarpi-Curcio am ersten Weihnachtsfeiertag seine Frau am Telefon sagte, er möge pünktlich nach Hause kommen, wegen des Truthahns, freute er sich sehr, denn mit den Jahren waren ihm keine anderen Freuden geblieben als die Gaumenfreuden. Groß war aber seine Verwunderung, als er bei seiner Ankunft gegen Mittag den Truthahn nicht an einem Spieß langsam über einem Reisigkohlenfeuer rotierend in der Küche antraf, sondern im Wohnzimmer sitzend. Der Truthahn, der, von etwas altmodischer Eleganz, ein schwarzes Jackett mit Seidenrevers, eine schwarzweiße Pepitahose und eine Weste aus grauem Tuch mit Hornknöpfen trug, unterhielt sich mit Curcios Tochter. Curcio war so überrascht, ihn in einer so ungewohnten Haltung und an einem so ungewohnten Ort zu finden, daß er, nachdem sie einander vorgestellt waren, in einem Augenblick der Stille nicht umhinkonnte, sich nach vorne zu beugen und höflich, aber auch mit Bestimmtheit hervorzubringen: »Entschuldigen Sie, mein Herr, … vielleicht täusche ich mich … aber … aber ich glaube, Ihr Platz ist eigentlich nicht hier … ich sage es nochmal … vielleicht täusche ich mich … aber Ihr Platz ist eigentlich …« Er wollte gerade hinzufügen »in der Pfanne«, als ihm seine Frau, die, wie sie sich selbst auszudrücken pflegte, ihre Pappenheimer kannte, auf den Fuß trat; und Curcio, der aus uralter Erfahrung wußte, was dieser Akt bedeutete, schwieg. Seine Frau gab ihm dann ein Zeichen und sagte, nachdem sie ihn aus dem Wohnzimmer gezerrt hatte, mit leiser und erregter Stimme, er möge um Gottes willen nicht alles verderben. Der Truthahn sei adelig, wohlhabend und einflußreich; kurz, eine gute Partie; und er zeige schon ein besonderes, sichtliches Interesse für Rosetta; ob er vielleicht mit seinen albernen Bemerkungen die Heirat auffliegen lassen wolle, die sich schon abzuzeichnen beginne? Curcio entschuldigte sich bei seiner Frau und schwor, den Mund nicht mehr aufzumachen. Was den Truthahn betraf, so hatte die unvorsichtige Frage seines Gastgebers allein die Wirkung gezeitigt, daß er sein Monokel nahm und den Unglückseligen aufs genaueste musterte.

»Man kann sagen, was man will«, dachte Curcio kurz darauf bei Tisch, während sich seine Frau in Höflichkeiten dem Truthahn gegenüber schier überschlug, »aber statt sich zu wünschen, daß ein solcher Typ die Tochter heiratet, möchte man ihm lieber den Hals umdrehen.« Curcio erboste vor allem der Ausdruck nachsichtiger Überlegenheit, den der Truthahn jedesmal annahm, wenn er das Wort an ihn richtete. Curcio wußte wohl, daß er, wie man so sagt, aus dem Nichts kam und seine Manieren nicht so geschliffen waren, wie es sich Frau und Tochter gewünscht hätten. Aber er hatte sein ganzes Leben gearbeitet und einen schönen Batzen Geld verdient, das war der Grund, weshalb er für seine guten Manieren nichts hatte tun können. Doch mit seiner ganzen steifen Würde hätte der Truthahn nicht dasselbe von sich sagen können. Gute Manieren schon, herrschaftliches Auftreten, aber alles in allem, und das hätte Curcio geschworen, wenig Substanz. Noch etwas, das Curcio auf die Nerven ging, war, wie der Truthahn, nachdem er etwas Geistreiches oder Tiefsinniges gesagt hatte, seinen Kopf zurückbog, Schnabel und Halslappen unter den breiten, schwarzen Seidenschlips steckte und die Brust unter der Weste aufblähte. Und zuletzt, der Truthahn wandte sich an seine Frau mit derselben sorgfältigen Wortwahl und derselben preziösen Modulierung des Tonfalls, wie er es bei einer Herzogin gemacht hätte. Das aber brachte Curcio zur Weißglut, denn es schien ihm, als ob diese übertriebene Ehrerbietung wer weiß welche Art von Ironie enthalten würde. »In die Pfanne«, dachte er, »in die Pfanne ...«

Im übrigen aber wurde Curcios Antipathie durch die Schwärmerei, mit der die beiden Frauen, Tochter und Mutter, dem Truthahn begegneten, mehr als ausgeglichen. Curcios Frau und Rosetta hingen geradezu an seinen Lippen oder besser an den Halslappen des Truthahns, der sie mit nie gehörten Erzählungen von Festen, Vergnügungen, Reisen und gesellschaftlichen Erfolgen bezauberte. Die respektvolle Vertrautheit mit einem Truthahn wie diesem, der in der großen Welt verkehrte, schmeichelte der Mutter. Was Rosetta betraf, so wurde sie bald rot, bald blaß, zitterte und sah den Truthahn bald flehend, bald glühend, bald schmachtend, bald ängstlich an. Es war nämlich so, daß von Beginn der Einladung an der Fuß des Truthahns, der in einem altmodischen, aber eleganten Stiefelchen aus grauem Wildleder mit Perlmuttknöpfen steckte, nicht eine Minute aufgehört hatte, den zarten Schuh des Mädchens zu malträtieren. Als der Truthahn weggegangen war, kam es zu einer ziemlich heftigen Auseinandersetzung. Curcio sagte, es sei jetzt an der Zeit, Schluß zu machen mit diesen herausgeputzten Fatzkes und Snobs, die bekanntlich hinter ihrem

Hochmut einen Haufen Defekte verbergen würden. Er selbst habe sein ganzes Leben gearbeitet und er fühle sich nicht geringer als alle Truthähne dieser Welt. Die Frau antwortete, diese Wut sei sinnlos, der Truthahn habe nie behauptet, er stehe über ihm; welche Tarantel ihn denn da gestochen habe? Was Rosetta betraf, die ins Bett gegangen war, wie jeden Tag nach dem Essen – sie träumte schon vom Truthahn. Sie sah ihn über sich gebeugt, während sie ausgestreckt dalag, seine Schwingen um ihre Schultern, sein Schnabel auf ihrem halbgeöffneten Mund. Der Truthahn sieht sie finster an und bläht sich auf und bläht sich immer mehr auf und füllt das Zimmer mit seinen grauen Federn; aber bei all seiner unermeßlichen Größe erscheint er der Brust Rosettas federleicht. Und sie seufzt im Schlaf und murmelt »lieber Truthahn«.

Obwohl Curcios Antipathie wuchs und sichtbar war, ließ sich der Truthahn an den folgenden Tagen sogar in seinem Haus nieder. Er kam zum Mittagessen; und nachdem er sich dann mit der Tochter ins Wohnzimmer begeben hatte, blieb er, bis es Zeit zum Abendessen war. Die beiden waren, so bekam Curcio von seiner Frau gesagt, verlobt. Obschon der Truthahn aus familiären Gründen im Moment noch gegen eine offizielle Anzeige war. »Ein schöner Schwiegersohn«, brummte Curcio. »Gebt mir einen tüchtigen, einfachen, gutherzigen Mann, der arbeitet, aber einen Truthahn ...« Wenn Curcio nach Hause kam, konnte er durch die Glastür des Wohnzimmers das niedliche Köpfchen seiner Tochter neben dem hohlen, grausamen und dummen Kopf des Truthahns sehen. Er dachte, daß vielleicht ihre weißen, zarten, kleinen Hände diese roten, faltigen Halslappen streichelten, und seine Antipathie wuchs.

Aber auch wenn der Truthahn inzwischen weiter Rosetta den Hof machte, so entschloß er sich doch nicht, um ihre Hand anzuhalten. Selbst die Mutter begann unruhig zu werden. Wenn er ein ernstzunehmender Truthahn sei, so sagte sie schließlich zu ihrer Tochter, müsse er vor die Eltern hintreten und um ihre Hand bitten. Bei diesen Worten sah Rosetta ihre Mutter erschrocken an und sagte nichts. In Wirklichkeit war es dem Truthahn schon in den ersten Tagen gelungen, von dem armen Mädchen die äußerste Gunst zu erzwingen. Und dieses wartete jetzt voller Unruhe darauf, nicht weniger als die Mutter, der Truthahn möge, wie man so sagt, seine Stellung ordnungsgemäß regeln.

An einem jener Tage empfing Rosetta in Tränen aufgelöst den Truthahn im Wohnzimmer. Sie könne nicht mehr so leben, stammelte sie unter Schluchzen, und sich selbst und ihre Eltern anlügen. Der Truthahn durchmaß das Wohnzimmer mit großen Schritten, seine völlig zerrauften Federn standen aus dem Hemdkragen hervor, sein Schnabel war halb offen und voller Wut, die Augen blutunterlaufen. Schließlich sagte er, sie könne sich aus dem Kopf schlagen, daß er sie je heiraten würde. Eher könne sie, wenn sie wolle, mit ihm ins Ausland fliehen. Diese Nacht oder nie. Nach langem Zögern willigte Rosetta zuletzt ein.

In jener Nacht stand Curcio, der unter Schlaflosigkeit litt, auf, um am Fenster ein bißchen Luft zu schöpfen. Es war eine Sommernacht, und der Mond schien in seiner größten Pracht. Die Curcios wohnten in einem Einfamilienhaus. Als Curcio, geräuschlos und ohne Licht zu machen, um seine Frau nicht aufzuwecken, ans Fenster getreten war, sah er als erstes den riesigen Schatten des Truthahns, dessen Kopf samt dem knolligen Schnabel aus dem aufgeblähten Hals hochragte, vom weißen Mondlicht deutlich an die Wand der Villa geworfen. Er senkte den Blick und sah gerade noch, wie seine Tochter aus einem Fenster des ersten Stocks kopfüber in die Arme des Truthahns purzelte. Dieser lud sie mit einer Kraft, die ihm niemand zugetraut hätte, wie ein Bündel auf seine Schulter und trug sie rasch in Richtung Gartentor. Curcio weckte seine Frau und holte eiligst sein altes Jagdgewehr. Aber als er nach unten kam, fand er keine Spur mehr von den Flüchtigen.

Am nächsten Tag erstattete Curcio eine Anzeige wegen Entführung. Aber auf den Polizeiwachen glaubte ihm keiner. Ein Truthahn, so sagten sie, wie kann ein Truthahn Ihre Tochter entführt haben? Truthähne leben im Hühnerstall. Im übrigen war die Tochter volljährig, es war nichts zu machen.

Aber die Defekte des Truthahns kamen trotzdem zum Vorschein. Man entdeckte, er war verheiratet und hatte Kinder. Man entdeckte auch, daß er weder adelig noch reich war, sondern ein ehemaliger Kellner, der wegen Diebstahls aus mehreren Stellungen entlassen worden war. Curcio triumphierte, wenn er auch vor Wut schier platzte. Sein Frau weinte nur noch und flehte die ferne Tochter an.

Es endete mit der üblichen Erpressung; Curcio mußte einen schönen Batzen von seinem so sauer verdienten Geld auf den Tisch legen, um seine Tochter entehrt wieder zurückzubekommen. Das geschah im Dezember. Am ersten Weihnachtsfeiertag wurde Curcio von seiner Frau angerufen, die sagte, er solle nicht zu spät nach Hause kommen, wegen des Truthahns; um Mißverständnissen vorzubeugen, fügte sie hinzu, es handle sich um eine ernstzunehmende Person, die eine sichtliche Neigung für Rosetta zeige. Kurz, es sei ein anderer Truthahn als der vom vergangenen Jahr, diesem hier könne man durchaus trauen. »So sind die Frauen«, dachte Curcio. Aber diesmal nahm er sich vor, die Augen gut aufzumachen. Und sich nicht vom falschen Schein und von leeren Reden irgendeines sich selbst aufblasenden Truthahns oder sonstigen Hühnerviehs blenden zu lassen.

Stefano Benni

Weihnachten 1955

✶

Es war im Jahr, ach, die Jahreszahl ist unwichtig. Es war vor sehr langer Zeit, ein Weihnachtsfest im prämobiltelephonischen Paläozoikum, als die Tannenbäume noch keine Umweltopfer waren und es schneite wie früher im Western. Auch heutzutage schneit es, aber kunstlos, und statt eines Jahreszeitenwechsels ist es sofort eine Meldung für die Fernsehnachrichten. Morfeo verbrachte jenen freudigen Tag im Haus seiner Großeltern, das seit Jahren für diese Festivität vorgesehen war: ein Häuschen auf den Hügeln zwischen Pappeln und Zypressen, eine warme Zufluchtsstätte, wo es erst seit jenem Jahr Wasser und Licht, also eine Warmwasserheizung und Glühbirnen, gab. Morfeos erstes erstaunliches Weihnachtsfest ohne Petroleumlampen und ohne die Notwendigkeit, Feuer zu machen. Doch der Kamin war traditionsgemäß angeheizt, und statt weltlicher Birnen brannten Kerzen, weißgewandete Franziskanerinnen.

Ich mag Kerzenlicht, dachte der Junge, als er unter einem Fenster saß, das eine hügelige Schneelandschaft umrahmte, Haselnüsse und getrocknete Feigen aß und den Waldgeruch des Weihnachtsbaums einsog, dieses grünen Schirms gegen die Kälte, heidnisches Totem der Eingeborenen des Abendlands. Er schnupperte den Duft der Tannennadeln und der Kerzen, von denen heiße Schneeflocken herabtropften. Während er Erdnußsarkophage zertrümmerte, betrachtete er die Schokoladenweihnachtsmänner, süße, an den Zweigen erhängte Leichname, sowie die silbernen Girlanden und die blinkende Lichterkette, ein Wunder der Moderne. Außerdem die Kugeln, so wertvoll wie Juwelen, von denen jedes Jahr zwei beim Santa-Lucia-Markt ausgesucht wurden, und über allem die Metallspitze, die, strahlend wie ein Zepter, einen Silberengel mit geöffneten Flügeln darstellte.

Er begutachtete die Päckchen unter dem Baum. Damals gab es nur ein Zehntel der heutigen Geschenke, und sie waren nicht zu neunzig Prozent unnütz, wie weggeworfene Liebesworte. Bereits etwas schläfrig versuchte er herauszufinden, welches der Päckchen, neben dem obligatorischen Torrone, wohl sein Geschenk enthielte: die auseinandernehmbaren Swoppets-Spielzeugsoldaten, von einer seltenen Marke, ein so wertvolles Geschenk, wie es Gormiti, Winx oder Pokemon nie waren.

Wie viele würde er bekommen? Vielleicht drei, vielleicht vier, den liegenden Gewehrschützen, den bedrohlichen, zum Aussterben bereiten Indianer, den schwarzen Revolverhelden in Photopose, möglicherweise sogar einen wunderschönen Apachenkrieger zu Pferd.

Er schaute seine Schwester an, die sich den Bauch mit Torrone vollschlug, wobei ihre Zahnspange nach klirrenden Waffen klang.

Den Großvater, kugelrund von einer Tortellini-Triologie, die er langsam und unnachsichtig mit seinem einzigen Zahn lutschte, während alle anderen schon beim Obst angelangt waren. Die Mutter mit ihrem mageren, gelbsüchtigen Gesicht und den spitzen Wangenknochen, hager und traurig, als hätte der Hunger aus Kriegszeiten sie nie verlassen.

Den Vater Hiob, der vor dem Kamin saß und aufgeweichte Nazionali bis auf das letzte Stummelchen aufrauchte.

Er dachte immer an den Tod.

Aus seinem Bataillon echter Soldaten war die Hälfte gestorben, er hatte sie alle gekannt und wiederholte hustend: »Mein lieber Morfeo, du Glücklicher wirst nicht in den Krieg ziehen müssen, du weißt nicht, wie viele schlimme Dinge dir erspart bleiben«, und er sprach von Löchern in Bäuchen und von Qualen und von einem Deutschen, der an einem Baum aufgehängt worden war.

Und Morfeo stellte sich den Kartoffelfresser vor, baumelnd wie der Schokoladenweihnachtsmann am Tannenbaum.

Großmutter Adele, diese uralte Schildkröte auf ihrem Sessel mit Rollen, deren Schal nach Kampfer roch, sah alle mit Haß und Wohlwollen an.

Sie hatte zwei Persönlichkeiten, sie war ein hundertjähriger Minotaurus, die obere Hälfte sanft, die untere böse und an den Rollstuhl gefesselt.

Mama sagte: »Und nun eine Überraschung, Onkel Pupo hat uns Nachtisch geschickt: eine Cicerchiata aus den Abruzzen.« Sollen wir uns die Kugel geben?, dachten wir einstimmig beim Anblick dieses Haufens frittierter Teigkügelchen mit Honig.

Aber das war nicht die Überraschung.

Die war bitter und kam plötzlich, unerwartet, wie eine eisige Schneeböe.

Es war Gevatter Tod, der ins Zimmer sprang, sich die Haut vom Schädel riß und Morfeo in seiner glücklichsten Nacht anfiel.

Morfeo saß unter dem verschneiten Fenster, und dort erwartete ihn ein verfluchter Schicksalsschlag. Denn das Schicksal kennt weder Werk- und Feiertage noch Weihnachtsferien.

Ein Fensterladen, schwer wie ein Sarg, der seit etlichen Jahren in den Angeln an der Wand gehangen hatte, löste sich und traf Morfeo mitten auf den Kopf. Ein fürchterlicher Schlag, ein Schrei durchs ganze Haus, und der Junge wurde ohnmächtig.

Woran erinnerst du dich noch, Morfeo?

An das Dach des Krankenwagens, an eine Krankenschwester, die lachte und sagte: »Das war bestimmt keine Knallerbse, dem Jüngelchen wurde der Kopf eingeschlagen«, dann das Geräusch der Sirene, das gelbe Licht, das Ruckeln des Krankenwagens auf eine großen Tür zu, auf der »Notaufnahme« stand. Doch es war noch nicht der Tod. Es war ein fremdes Land, das Flüstern eines Gespensts, ein schmerzhaftes Staunen; in Alkoholdämpfen und mit blutüberströmtem Gesicht verlor Morfeo erneut das Bewußtsein.

Dann Vergessen, ein kurzes langes Vergessen.

Viele Stunden später erwachte Morfeo in einem Krankenhausbett, ein Zweibettzimmer mit Blick auf eine Hauswand. Neben ihm auf dem Nachttisch ein Glas Cedrata-Limonade und die Spielzeugsoldaten. Leider keiner zu Pferd.

Mit trockenem Mund fragte er: »Was ist passiert?« Und seine müde Mama und sein trotz Rauchverbot quarzender Papa erzählten ihm alles und sagten: »Dich hat es ganz schön erwischt, Gehirnerschütterung.«

Nach jenem verhängnisvollen Weihnachtsabend lernte Morfeo viele Dinge.

Vor allem, daß es Zimmerdecken gibt, ein Himmel aus Decken erstreckt sich über die Welt und verbirgt die Sonne, eine Welt voller Bilder, Flecken, Geschichten und Geschöpfe, die mit dem Kopf nach unten hängen.

Außerdem lernte er, wie viele Geräusche Menschen im Schlaf machen, sie reden, schnarchen, klagen und stöhnen. Er lernte, daß sich die Welt in Menschen aufteilt, die gut schlafen, und Menschen, die nicht schlafen können.

Sein Bettnachbar schlief beispielsweise nie. Morgens ging er zum Fenster und sagte: »Du kannst Dich glücklich schätzen, Kleiner, daß du einfach die Augen schließt und schläfst. Ich habe jeden Abend Angst, ins Bett zu gehen.« Er hatte ein hübsches dunkles Fischergesicht. »Ich bin Fischer geworden, weil man da immer um vier Uhr morgens aufsteht, als geregelte Arbeitszeit.«, sagte er.

Von seinem Bett aus beobachtete Morfeo Inseln und Kontinente und Spinnen und Schatten an der Decke, mit Kopfverband, leicht zerknittertem blauem Schlafanzug und Morgenlatte.

Doch als Gefährten hatte er das Schnarchen des Fischers und, weil Weihnachten war, ein Transistorradio, das ihm seine Oma geschenkt hatte, sowie das nach Druckfarbe und Zeitungskiosk duftende Miky-Maus-Heft.

Außerdem ein Stück edle Scorza-Schokolade von Majani und Orangenlimonade für seine trockenen Lippen.

Dino Buzzati
Das seltsame Weihnachtsfest des Mr. Scrooge

✶

An Bord der ›Michelangelo‹, Dezember 1965

Um dem von ihm verabscheuten Weihnachtsfest zu entkommen, beschloß Herr Ebenezer W. Scrooge, 62 Jahre alt, ledig und schwerreich, sich so weit wie möglich von seinen Brüdern und Enkelkindern, seinem Haus, seiner Stadt New York und allem, was irgendeine menschliche oder soziale Beziehung darstellte, zu entfernen, wobei wir nicht von Freundschaften reden, denn wahre Freunde hatte Herr Scrooge nie gehabt.

Gerissen wie er war, hatte er sich also am vergangenen Donnerstag, den 23. Dezember auf der Michelangelo in Richtung Europa eingeschifft. So würde er sich am Weihnachtsmorgen mitten auf dem Atlantik befinden, sicher vor der verabscheuten Plage.

Verstehen wir uns richtig, es war nicht das Weihnachten der Lichter und Geschäfte, der Einkäufe, Stechpalmenkränze, Tannen und Glitzerdinge, das Herr Scrooge haßte und fürchtete. Ganz im Gegenteil.

Je mehr Jahr für Jahr die Hektik der Glückwünsche und Geschenke sich ausbreitete, desto glücklicher wurde Ebenezer W. Scrooge. Denn wenn die Lichter, die Ausgaben und die Geschäftigkeit zunahmen, dann vermehrten sich auch die Einnahmen der

Supermarkt-, Selfservice-, Kaffeehaus- und Automatenketten, deren Besitzer er war. Doch vor allem bedeutete es, daß Männer und Frauen ein immer größeres Bedürfnis verspürten, das Weihnachtsfest vorzutäuschen, da sie selbst immer weniger fähig waren, weihnachtliche Gefühle zu hegen, das heißt, sie wurden ihm, Ebenezer W. Scrooge, immer ähnlicher, dem es daran in seinem Inneren völlig und in provokanter Weise mangelte.

Nein, was er verabscheute waren die Überbleibsel des ursprünglichen, authentischen Weihnachten, welche noch hier und da zutage traten und ihm Übelkeit verursachten.

Er meinte dabei diese besondere Rührung der Seele, diese Neigung zu Güte und Vergebung, die er als im höchsten Maße gefährlich für Effizienz, Produktivität, Gewinn, Erfolg, Eroberung, Macht und all jene schönen Dinge betrachtete, für die er immer gelebt hatte.

New York war also eigentlich ein Ort, an dem sich die jährliche Wiederkehr besser als anderswo ertragen ließ – freilich auch da nur halbwegs, denn selbst in New York wurde Weihnachten groß gefeiert –, die Stadt ist auf der ganzen Welt bekannt für ihre Festbeleuchtung (die weißen Tannen der Park Avenue, die Lichterketten an den Spitzgiebeln, die blinkenden Sterne an den riesigen Wänden, die Girlanden, Kaskaden, Fontänen, Kronen, Lichtblüten), für den ungewöhnlichen Glanz der Vitrinen, in denen die Wunderwerke der ganzen Welt versammelt sind, für die bis in die schäbigsten Bars und Geschäfte verbreiteten Weihnachtsdekorationen, die Stadt ist bekannt für die Weihnachtsmänner mit rotem Mantel und weißem Vollbart, die auf den Straßen ihre Glocken schwingen und zu großmütigen Spenden aufrufen, und schließlich auch für den allgemeinen Taumel der Massen, die ungeachtet der Eiseskälte wie närrisch durch die Straßen wimmeln, wie ein Ameisenhaufen. Doch darauf kommt es nicht an.

In Wirklichkeit existierte die von Scrooge eigentlich gefürchtete Gefahr in New York so gut wie überhaupt nicht. In New York war das Leben für Scrooge im allgemeinen erträglich. In New York herrschte keine Nächstenliebe, und die Menschen fragten sich, wenn sie einen anderen Menschen trafen, nicht: »Wer bist du? Wohin gehst du? Was brauchst du?« Die Menschen – Kellner, Verkäufer, Laufburschen, Fahrkartenverkäufer – lächelten nicht, wenn es dafür keinen bestimmten Anlaß gab, das grundlose Lächeln entsprach nicht der gesunden *business-like attitude*, mit der Kraft eines Lächelns wären nie und nimmer die Türme mit ihren herrlichen Kronen und Spitzen errichtet worden, die beim Vorbeiziehen der weißen Wolken langsam abheben und fortschweben, bis sie sich in unbekannten Gefilden verlieren. Dies gefiel Scrooge sehr, der sich beispielhaft noch mehr als alle anderen jeden Lächelns enthielt.

In New York ist das Interesse der Menschen an anderen Menschen auf familiäre, erotische, berufliche, soziale und allenfalls freundschaftliche Bedürfnisse begrenzt, das ist alles, die anderen, die nicht dazugehören, existieren nicht, sind weniger als nichts, und wenn dem nicht so wäre, hätte man niemals die gemeinhin Brücken genannten Stahlhymnen errichtet, oder die schrecklichen Flügelmauern oder die Burgen, die höchsten Zinnen, die rauhen Gipfel der Menschheit.

In New York blicken die Autos einander nicht an, sie streiten nicht, sie schneiden sich keine Fratzen – wie zum Beispiel in Italien –, sondern folgen mit dumpfer Entschlossenheit und voll angespannter Nervosität ihrem Weg. Dabei veranstalten sie dennoch, warum auch immer, einen Höllenlärm mit ihren Hupen, schlimmer als in Neapel. Und der schwarze Cadillac des Herrn Scrooge sah die Autos der anderen am allerwenigsten an und folgte seiner Fahrtrichtung mit einer Zielstrebigkeit, die die der anderen bei weitem übertraf.

In New York schauen die Leute auf der Straße andere Leute auch dann nicht an, wenn ein bildhübsches Mädchen vorbeigeht oder Dracula, auch nicht zur Weihnachtszeit, und man hat den Eindruck, daß ein Fußgänger die anderen Fußgänger gar nicht sieht, sondern nur unscharfe Schatten, die ihn umschwirren. Und das entsprach eben jenem wunderbaren Desinteresse für den Nächsten, das für Scrooge einer der moralischen Angelpunkte war. Aber trotz all dieser herrlichen und trefflichen Eigenschaften war Weihnachten in New York für Scrooge unerfreulich.

Die Sache war die, daß seit mindestens zwölf Jahren immer in der Nacht des 24. Dezembers der Geist der Weihnacht in sein Zimmer trat, ihn unsanft weckte, an der Hand nahm und ihn mit sich durch die Welt zog, im Nachthemd, so wie er war, trotz der Kälte. Und leider war dieser Geist hinterlistig und böse. Nach kurzer Zeit war der unsensible Scrooge nicht mehr imstande, den Dingen, die jener ihm sagte, und den Schauspielen, die er ihm zeigte, zu widerstehen. Bald fühlte Ebenezer W. Scrooge eine grauenhafte Rührung, sein Herz begann sich zu erwärmen und ebenso die Brust, es war ihm sogar passiert, daß ihm seltsame, bitter schmeckende Tropfen die Wangen hinabgelaufen waren, plötzlich verspürte er dann den so unwahrscheinlichen wie törichten Wunsch, alle anderen glücklich zu sehen, und sei dies auch mit einem großen finanziellen Opfer verbunden. Zum Glück war der luftige Geist der Weihnacht nicht dazu befugt, einen Scheck entgegenzunehmen, und nach der Spritztour, wenn Scrooge sich in seinem Bett wiederfand, war die Gefahr bereits vorüber.

Und nicht nur das: Jedes Mal war es Ebenezer W. Scrooge gelungen, sich innerhalb von wenigen Stunden wieder zu fangen und die entsetzliche Versuchung zu überwinden, immerfort zu lächeln, zu scherzen, Mitleid zu empfinden, andere gern zu haben und Gutes zu tun.

Einige Tage lang verblieb ihm freilich eine Art schmerzlicher Druck in Höhe des Brustbeins. So war ihm schließlich die geniale Idee mit dem Meer gekommen. Inmitten des Ozeans würde der unglückselige Geist garantiert nicht auftauchen. Und auf einem italienischen Passagierschiff würde es sich, falls die Gestalt dennoch käme, ihn zu quälen, allenfalls um einen Italienisch sprechenden Geist handeln, und davon verstand Scrooge kein Wort.

Sicher, als Ebenezer W. Scrooge an Bord ging, war er gleich ziemlich ernüchtert – Weihnachten hatte sich auch hier festgesetzt. Und zwar in besonders gefährlicher Weise, da es den Eindruck machte, ein dauerhaftes Weihnachten zu sein: Als wären die Seeleute nicht nur am 25. Dezember gut und freundlich, um dann wieder zu den alltäglichen unangenehmen Rüpeln zu werden, sondern als wären sie auch vorher wie nachher menschlich und freundlich, das ganze Jahr über, jenes Lächeln lächelnd, das Scrooge für unheilvoll hielt. Ob zufällig ganz Italien mehr oder weniger so war? Und er hatte sich gefragt, wie sich mit dieser Art, das Leben zu nehmen, wichtige und ernsthafte Dinge zustande bringen ließen. Die Rechnung ging auf den ersten

Blick nicht auf, und doch war das Schiff groß, stark und wunderschön, die Maschinen funktionierten, die Stabilisatoren funktionierten, die Klimaanlage funktionierte, die Klospülung funktionierte, wenn man mit dem Fuß den dafür vorgesehenen Hebel herunterdrückte, das Licht funktionierte, die Wasserhähne, das Radio, das Fernsehen, der Radar und auch diese kleinen magnetischen Vorrichtungen, welche die Türen, Fensterflügel und Schubläden festhielten, funktionierten, kurz: Alles war perfekt und funktionstüchtig; ehrlich gesagt, nicht einmal die Vereinigten Staaten hätten es besser machen können.

Doch es geschah nichts weiter. Seine Sorge galt im Grunde auch nicht diesen Dingen, wichtig war es, dem wohlbekannten Geist, diesem rührseligen Störenfried, zu entkommen.

Deswegen betrachtete Scrooge auch die Dekorationen, die Bäume mit den Kugeln und Lichtern ohne größere Bedenken, hörte die Glückwünsche, die Musik und festlichen Lieder und nahm an den vorgesehenen Feierlichkeiten teil. Kapitän Giuseppe Soletti hatte alle Offiziere des Schiffs zum Mittagessen eingeladen, und Oberkommissar Fiorello De Farolfi gab sich Mühe, mit den einundzwanzig auf dem Schiff verteilten Weihnachtsbäumen den für ein so großes Schiff dann doch wenigen Passagieren – einhundertvierzig in der ersten Klasse, hundert in der Kabinen- und gerade einmal neunzig in der Touristenklasse – etwas Heiterkeit und Poesie zu vermitteln.

Im Festsaal der ersten Klasse fand die heilige Messe in Anwesenheit der gesamten Besatzung und aller Passagiere statt, und hinter einer Säule versteckt, beobachtete Scrooge die Leute, die vielleicht, so wie er, etwas seltsam waren, wer weiß, was sie in einer

Nacht wie dieser mitten auf den Atlantik verschlagen hatte. Der Kaplan, Pater Giuseppe Navone, hatte mit seiner Predigt die Herzen gerührt, natürlich nicht das von Scrooge. Dieser dankte sogar dem Schicksal, da es überaus unwahrscheinlich war, daß der Geist der Weihnacht genau während der heiligen Messe käme, um ihn zu holen.

Und wirklich, nichts geschah.

Dann verliefen sich die Passagiere und die Besatzung nach neuerlichen, nicht enden wollenden gegenseitigen Glückwünschen auf dem riesigen Schiff, das nach und nach immer verlassener und gefährlich feierlich wurde. Jetzt wurde es für Scrooge höchste Zeit, in die Kabine zurückzukehren, und nun bekam er Angst, denn wie er den Kerl kannte, war es durchaus möglich, daß dieser furchtbare Geist der Weihnacht in der Zwischenzeit in die Kabine geschlüpft war, dort auf der Lauer lag und auf ihn wartete.

Er öffnete die Tür und trat ein. Nichts. Niemand in den Schränken auf dem Gang, niemand im Bad, niemand im Schrank gegenüber dem Bett, niemand in der Gepäckkammer, niemand in den Koffern und Schubladen. Nirgends eine Menschenseele.

»Kann ich Ihnen behilflich sein, mein Herr?« fragte ein Diener in weißer Jacke, der auf der Türschwelle aufgetaucht war.

»Nein, danke.«

»Ich hatte gesehen, daß Ihre Tür offenstand, da dachte ich …«

Scrooge kontrollierte das Schild an der Wand, auf dem der Name des für die Kabine zuständigen Personals stand: »Ihr Name ist Giovanni Canese?«

»Nein, mein Herr. Canese ist einer meiner Kollegen, ich mache die Nachtschicht –« Er sprach ein flüssiges und aristokratisches Englisch, hatte ein rosiges Gesicht, war um die vierzig und besaß ein Paar lebhafte blaue Augen.

»Und so ist wieder Weihnachten.«

»Ja.«

»Schade, so weit weg.«

»Weit weg von wem?«

Das Schiff schaukelte leicht.

»Von zu Hause.«

Stille.

»Die Familie, mein Herr …«

»Ich habe keine Familie.«

»Sie sind allein, mein Herr?«

»Allein.«

Wieder Stille, in der Ferne das dunkle Rollen der Maschinen, das leise Knarren der Dinge ringsum, geheimnisvoll.

Der Mann war stehengeblieben, um einen halb offenstehenden Schrank zu schließen, und hatte sich dann umgedreht, als hätte er etwas vergessen.

»Gute Nacht, mein Herr.«

»Gute Nacht.«

In diesem Moment bemerkte Scrooge, daß über dem Kopf des Steward ein bläuliches Licht flackerte, gleich einem Büschel kleiner Flämmchen – der Heiligenschein des verdammten Geistes. Plötzlich stieg eine Masse konfuser und bitterer Gedanken wie ein Strudel aus der Tiefe.

»Nun … bist du es wieder?«

»Ja, mein Herr … Ich konnte Sie nicht aufgeben … Ich bin hier, um Ihnen Gutes zu tun … Sollen wir aufbrechen?«

Italo Calvino
Die Kinder des Weihnachtsmanns

✶

Es gibt keine Zeit im Jahr, die der Industrie- und Handelswelt freundlicher gesinnt wäre als die Weihnachtszeit und die Wochen vorher. Von den Straßen steigt der tremolierende Klang der Dudelsackpfeifen empor; und die Aktiengesellschaften, bis gestern mit der nüchternen Berechnung von Umsatz und Dividenden beschäftigt, entdecken auf einmal ihr Herz für die Sympathie und das Lächeln. Die Verwaltungsräte haben jetzt nur noch den einen Gedanken, wie sie ihren Nächsten Freude bereiten können, und so verschicken sie Geschenke und Glückwünsche sowohl an ihre Schwesterfirmen als auch an Privatpersonen; jede Firma fühlt sich verpflichtet, einen großen Vorrat von Produkten einer anderen Firma zu erwerben, um damit wieder andere Firmen zu beschenken, die ihrerseits von einer dritten Firma Berge von Geschenken für die erste Firma gekauft haben; die Fenster der Betriebe sind bis spät in die Nacht hinein erleuchtet, besonders die in den Lagern, wo das Personal Überstunden macht beim Verpacken von Paketen und Kisten; draußen vor den beschlagenen Fenstern, auf den vereisten Bürgersteigen, bewegen sich die Dudelsackpfeifer, von dunklen, geheimnisvollen Bergen herabgestiegen, bleiben an den Kreuzungen im Stadtzentrum stehen, ein wenig geblendet von den allzu vielen Lichtern, den allzu grell geschmückten Schaufenstern, und blasen mit gesenktem Kopf auf ihren Instrumenten; bei diesen Tönen klingen die harten Interessenkämpfe ab und machen einem neuen Wettbewerb Platz: wer auf die netteste Art und Weise das wertvollste und originellste Weihnachtsgeschenk macht.

Bei der Firma Sbav, für die Marcovaldo arbeitete, hatte die PR-Abteilung in diesem Jahr den Vorschlag gemacht, daß den angesehensten Kunden das Geschenk nach Hause gebracht werden sollte, und zwar von einem Boten, der als Weihnachtsmann verkleidet war.

Der Gedanke stieß auf die einhellige Zustimmung der leitenden Herren. Man kaufte ein komplettes Weihnachtsmannkostüm: weißer Bart, rote, pelzverbrämte Mütze, Mantel und Stiefel. Man probierte, welchem Boten diese Gewandung am besten paßte, aber der eine war zu klein, und der Bart reichte ihm bis zu den Füßen, der andere war zu dick und kam nicht in den Mantel, ein anderer zu jung und wieder ein anderer zu alt, so daß es sich gar nicht lohnen würde, ihn zu kostümieren.

Während der Personalchef andere potentielle Weihnachtsmänner aus den verschiedenen Abteilungen holen ließ, spannen die leitenden Herren auf einer Direktionssitzung die Idee noch weiter aus: Auf Wunsch der Abteilung für Human Relations sollte auch das Weihnachtspaket für die Belegschaft im Rahmen einer gemeinsamen Feier vom Weihnachtsmann überreicht werden; der Vertrieb beantragte, daß der Weihnachtsmann auch bei den Geschäften die Runde machen sollte; die Werbeabteilung war dafür, den Firmennamen klar ersichtlich herauszustellen, etwa derart, daß der Weihnachtsmann vier kleine Luftballons mit den Buchstaben S, B, A, V an einer Schnur mit sich führen sollte.

Alle waren sie erfüllt von der freudigen und herzlichen Atmosphäre, die sich über die festliche und produktive Stadt gelegt hatte; nichts ist schöner, als das Fließen von materiellen Gütern und gleichzeitig von Güte zu spüren, die jeder für den andern übrig hat; und darauf kommt es ja vor allem an, wie uns das Dudelsackgedudel, *firuli-firuli,* ins Gedächtnis ruft.

Im Lager ging das – materielle und geistige – Gut in Form von ein- und auszuladender Ware durch Marcovaldos Hände. Und nicht nur beim Ein- und Ausladen nahm er teil an der allgemeinen Feststimmung, sondern auch, weil er daran dachte, daß in diesem Labyrinth von Hunderttausenden Paketen eines auch auf ihn wartete, das ganz allein für ihn bestimmt und für ihn von der Abteilung für Human Relations vorbereitet war; und noch mehr, weil er sich ausgerechnet hatte, was ihm am Monatsende als dreizehntes Gehalt und für Überstunden zustand. Mit diesem Geld würde auch er in die Geschäfte laufen und kaufen, kaufen, kaufen und dann schenken, schenken, schenken können, wie seine redlichsten Gefühle und das Gemeininteresse von Handel und Geschäft es verlangten.

Der Personalchef kam ins Lager, einen falschen Bart in der Hand: »He, du!« sagte er zu Marcovaldo, »probier mal, wie dir dieser Bart steht. Ausgezeichnet! Du machst den Weihnachtsmann. Komm mit nach oben, beeil dich. Du bekommst eine Sonderprämie, wenn du fünfzig Haushalte pro Tag schaffst.«

Als Weihnachtsmann verkleidet fuhr Marcovaldo auf dem Sattel seines Motorrad-Lieferwagens durch die Stadt, beladen mit bunt eingewickelten Paketen, die mit hübschen Bändern verziert und mit Misteln und Stechpalmen geschmückt waren. Der Wattebart kitzelte ihn wohl ein bißchen, schützte aber zum andern seinen Hals vor Zugluft.

Die erste Fahrt führte ihn nach Hause, weil er der Versuchung nicht widerstehen konnte, seinen Kindern eine Überraschung zu bereiten. Zuerst werden sie mich gar nicht erkennen, dachte er, ich bin gespannt, wie sie hinterher lachen werden!

Die Kinder spielten auf der Treppe. Sie drehten sich kaum um nach ihm: »Tag, Papa!«

Marcovaldo war schwer enttäuscht. »Aber … seht ihr denn nicht, wie ich verkleidet bin?«

»Wie denn schon?« antwortete Pietruccio.

»Als Weihnachtsmann, oder?«

»Und ihr habt mich gleich erkannt?«

»Als ob da was dazugehörte! Wir haben ja auch Herrn Sigismondo erkannt, und der war besser maskiert als du!«

»Und den Schwager der Portiersfrau!«

»Und den Vater der Zwillinge von gegenüber!«

»Und den Vater von Ernestina, die mit den kurzen Zöpfen!«

»Alle als Weihnachtsmann verkleidet?« fragte Marcovaldo, und die Enttäuschung in seiner Stimme rührte nicht nur von der mißglückten Überraschung seiner Familie, sondern auch daher, daß er spürte, daß hier das Prestige seiner Firma auf dem Spiele stand.

»Natürlich. Genauso wie du«, antworteten die Kinder. »Als Weihnachtsmann, wie üblich, mit falschem Bart«, damit drehten sie ihm den Rücken zu und spielten ungerührt weiter. Die PR-Abteilungen vieler Firmen waren nämlich gleichzeitig auf denselben Einfall gekommen, und sie alle hatten eine Menge Leute eingestellt, meist Arbeitslose, Rentner, Hausierer, um sie mit rotem Mantel und Wattebart auszustaffieren. Nachdem die Kinder die ersten paar Male ihren Spaß daran gehabt hatten, hinter dieser Maskierung Bekannte aus dem eigenen Wohnviertel wiederzuerkennen, hatten sie sich bald daran gewöhnt und beachteten die Weihnachtsmänner nicht mehr.

Es hatte den Anschein, als ob sie ihr Spiel mit großer Leidenschaft betrieben. Sie hockten im Kreis auf dem Treppenabsatz. »Was heckt ihr denn da für eine Verschwörung aus?« fragte Marcovaldo.

»Stör uns nicht, Papa, wir müssen die Geschenke herrichten.«

»Geschenke? Für wen denn?«

»Für irgendein armes Kind. Wir müssen ein armes Kind ausfindig machen und es bescheren.«

»Wer hat euch das gesagt?«

»Das steht im Lesebuch.«

Marcovaldo lag schon auf der Zunge zu sagen: »Die armen Kinder seid doch ihr!«, aber im Lauf dieser ganzen Woche hatte er sich so sehr eingeredet, Bewohner eines Schlaraffenlandes zu sein, wo jedermann nur kaufte und sich amüsierte und Geschenke machte, daß es ihm taktlos erschienen wäre, von Armut zu sprechen, und so zog er vor zu erklären: »Arme Kinder gibt es keine mehr!«

Da stand Michelino auf und fragte: »Deshalb bringst du uns wohl keine Geschenke, Papa?«

Marcovaldo fühlte, wie sein Herz sich zusammenkrampfte. »Ich mache jetzt Überstunden«, sagte er rasch, »und dann bringe ich euch auch was mit.«

»Womit machst du denn Überstunden?« fragte Filippetto.

»Indem ich Geschenke austrage«, erwiderte Marcovaldo.

»Für uns?«

»Nein, für andere.«

»Warum nicht für uns? Das ginge doch schneller ...«

Marcovaldo versuchte zu erklären: »Weil ich nicht der Weihnachtsmann für ›menschliche Beziehungen‹

bin, sondern der für ›öffentliche Beziehungen‹. Habt ihr verstanden?«

»Nein.«

»Da kann man halt nichts machen.« Aber da er sich irgendwie entschuldigen wollte, mit leeren Händen gekommen zu sein, fiel ihm ein, daß er Michelino auf seine Geschenktour mitnehmen könnte. »Wenn du brav bist, kannst du mitkommen und zusehen, wie dein Vater den Leuten Geschenke bringt«, sagte er und setzte sich auf den Sattel seines Motorrads mit Lieferwagen.

»Na schön, fahren wir, vielleicht kann ich ein armes Kind auftreiben«, sagte Michelino, sprang hinten aufs Motorrad und klammerte sich an den Schultern seines Vaters fest.

In den Straßen der Stadt begegnete Marcovaldo lauter anderen weiß-roten Weihnachtsmännern, die genauso aussahen wie er selbst, drei- oder vierrädrige Lieferwagen fuhren oder den paketbeladenen Kunden die Ladentüren öffneten oder ihnen die Einkäufe bis ans Auto nachtrugen. Und alle diese Weihnachtsmänner sahen sehr konzentriert und dienstbeflissen aus, als seien sie für den reibungslosen Ablauf der ganzen riesigen Festmaschinerie verantwortlich.

Und Marcovaldo, der aufs Haar genauso aussah wie alle anderen, beeilte sich, von einer Adresse zur anderen zu kommen, stieg vom Sattel, sortierte die Pakete in dem kleinen Anhänger, nahm eines davon, übergab es dem, der die Tür öffnete, und sagte langsam und klar: »Die Firma Sbav wünscht frohe Weihnachten und ein frohes neues Jahr« und bekam sodann sein Trinkgeld.

Dieses Trinkgeld war zuweilen beachtlich, und Marcovaldo hätte wohl zufrieden sein können, aber irgend etwas fehlte ihm noch. Jedesmal, ehe er, von Michelino gefolgt, an einer Tür klingelte, kostete er im voraus die Überraschung dessen aus, der die Tür aufmachen und den Weihnachtsmann in Person vor sich sehen würde; er erwartete Freude, Neugierde, Dankbarkeit. Und jedesmal wurde er wie der Briefträger empfangen, der die tägliche Zeitung bringt.

Er klingelte an der Tür eines hochherrschaftlichen Hauses. Eine Gouvernante öffnete. »Ach, schon wieder ein Paket. Woher kommt es denn?«

»Die Firma Sbav wünscht ...«

»Schon gut, kommen Sie mit«, und sie ging dem Weihnachtsmann voraus durch eine Diele voller Gobelins, Teppiche, Majoliken. Michelino folgte seinem Vater mit weit aufgerissenen Augen.

Die Gouvernante öffnete eine Glastür. Sie traten in ein riesengroßes Zimmer mit hoher Decke, so hoch, daß eine große Tanne darin Platz hatte. Es war ein Weihnachtsbaum, an dem Glaskugeln in allen Farben glitzerten und an dessen Zweigen Geschenke und Süßigkeiten aller Art hingen. Oben an der Decke waren schwere Kristallüster angebracht, und die Zweige des Baumes ragten in die funkelnden Gehänge hinein. Auf einem großen Tisch waren Kristallwaren ausgebreitet, Silber, Schachteln mit kandierten Früchten und Kästen mit Flaschen. Auf einem Teppich lag lauter Spielzeug herum, so viel wie in einem Spielzeugladen, besonders viele komplizierte elektronische Geräte und Raumschiffmodelle. Und auf diesem, in einer freien Ecke, bäuchlings ein etwa neunjähriger Junge mit mißmutigem, gelangweiltem Gesicht. Er blätterte in einem Bilderbuch, als mache er sich überhaupt nichts aus all den Herrlichkeiten ringsum.

»Gianfranco, was soll das, Gianfranco«, sagte die Gouvernante, »hast du nicht gesehen, daß wieder ein Weihnachtsmann mit einem Geschenk gekommen ist?«

»Dreihundertundzwölf«, seufzte der Junge, ohne den Blick vom Buch zu heben. »Legen Sie's nur hin!«

»Es ist das dreihundertundzwölfte Geschenk, das hier eintrifft«, erklärte die Gouvernante. »Gianfranco ist ja so tüchtig, er führt genau Buch, kein einziges vergißt er, das Zählen ist seine Leidenschaft.«

Marcovaldo und Michelino verließen auf Zehenspitzen das Haus.

»Papa, ist das ein armer Junge?« fragte Michelino.

Marcovaldo war damit beschäftigt, die Ladung des kleinen Lieferwagens zu ordnen, und antwortete nicht gleich. Aber einen Augenblick später widersprach er eilig: »Arm? Was sagst du da? Weißt du, wer sein Vater ist? Der Präsident des Verbands zur Förderung der Weihnachtsverkäufe! Der Commendatore höchstselbst ...«

Er stockte, denn Michelino war auf einmal nicht mehr zu sehen. »Michelino! Michelino! Wo bist du denn?« Er war verschwunden.

»Wahrscheinlich hat er einen andern Weihnachtsmann mit mir verwechselt und ist ihm nachgelaufen ...« Marcovaldo setzte seine Tour fort, aber er war doch ein bißchen besorgt und konnte es kaum erwarten, wieder nach Hause zu kommen. Daheim fand er Michelino mit seinen Geschwistern zusammen ganz brav wieder.

»Sag mal, warum warst du eigentlich auf einmal verschwunden?«

»Ich bin nach Hause, die Geschenke holen gegangen ... Ja, die Geschenke für den armen Jungen ...«

»Was meinst du? Für wen?«

»Für den Jungen, der so traurig aussah ... in der Villa mit dem großen Weihnachtsbaum ...«

»Für den? Was konntest du dem schon für Geschenke machen?«

»Na, wir hatten sie auch hübsch hergerichtet ... drei Geschenke, in Silberpapier gewickelt.«

Nun mischten sich auch die Geschwister ein: »Wir haben sie alle zusammen hingebracht! Wenn du gesehen hättest, wie der sich gefreut hat!«

»Ach was!« brummte Marcovaldo. »Dem haben eure Geschenke gerade noch gefehlt!«

»Allerdings, gerade die unseren ... er ist gleich angelaufen gekommen, hat das Papier aufgerissen und nachgesehen, was drin ist ...«

»Und was war drin?«

»Das erste Geschenk war ein Hammer: der große, runde Holzhammer ...«

»Und was hat er dazu gesagt?«

»Er ist vor Freude in die Luft gesprungen! Er hat ihn auch gleich ausprobiert!«

»Wozu denn?«

»Er hat sein ganzes Spielzeug kurz und klein geschlagen! Und das ganze Kristall dazu! Dann hat er das zweite Geschenk ausprobiert ...«

»Was war denn das?«

»Eine Steinschleuder. Du hättest ihn sehen sollen, wieviel Spaß sie ihm gemacht hat ... Alle Glaskugeln am Weihnachtsbaum hat er damit kaputtgeschossen. Dann hat er auf den Lüster gezielt ...«

»Hört auf, hört auf, ich will nichts mehr hören! Und ... das dritte Geschenk?«

»Wir hatten nichts mehr zum Herschenken, da haben wir einfach eine Schachtel Streichhölzer in Silberpapier gewickelt. Und das war das Geschenk, worüber er sich am meisten gefreut hat. Er hat gesagt: ›Ich darf Streichhölzer überhaupt niemals anfassen!‹ Und dann hat er sie angezündet, und ...«

»Und ...?«

»... alles damit in Brand gesteckt!«

Marcovaldo raufte sich die Haare. »Ich bin ruiniert.«

Als er am nächsten Morgen in die Firma kam, spürte er, daß ein Gewitter sich zusammenbraute. Er zog sich in aller Eile wieder als Weihnachtsmann an, belud den kleinen Lieferwagen mit den Paketen, die er zu überbringen hatte, wunderte sich, daß ihn bisher noch niemand angesprochen hatte, dann aber sah er gleich drei Abteilungsleiter auf sich zukommen, nämlich den von der PR-Abteilung, den von der Werbung und den vom Vertrieb.

»Halt!« sagten sie zu ihm. »Alles wieder ausladen, auf der Stelle!«

Da haben wir die Bescherung, dachte Marcovaldo und glaubte sich bereits entlassen.

»Rasch! Die Pakete müssen ausgetauscht werden!« sagten die Abteilungsleiter. »Der Verband zur Förderung der Weihnachtsverkäufe hat eine Kampagne gestartet für das destruktive Geschenk!«

»Und so plötzlich ...«, meinte einer von ihnen. »Das hätten sie sich auch wirklich eher einfallen lassen können ...«

»Es war eine ganz unerwartete Entdeckung des Präsidenten«, erklärte ein anderer. »Anscheinend hat sein kleiner Sohn ganz supermoderne Geschenkartikel bekommen, japanische, glaube ich, und dabei machte man die Beobachtung, daß er sich zum erstenmal wirklich amüsierte ...«

»Und was noch wichtiger ist«, fügte der dritte hinzu, »diese destruktiven Geschenke dienen dazu, Artikel jeder Art zu zerstören: genau das, was wir brauchen, um den Konsum zu beschleunigen und den Markt neu zu beleben ... Alles in kürzester Zeit und in Reichweite eines Kindes ... Der Präsident des Verbandes hat sich neue Horizonte öffnen sehen und schwebt im siebenten Himmel der Begeisterung ...«

»Aber«, wagte Marcovaldo schüchtern zu fragen, »hat dieser Junge denn so viel Schaden angerichtet?«

»Jede auch nur annähernde Kalkulation ist natürlich schwierig, da das Haus abgebrannt ist …«

Marcovaldo kehrte auf die Straße zurück, die so hell erleuchtet war, als sei bereits Nacht, und voller Mütter und Kinder und Onkel und Großeltern und Paketen und Ballons und Schaukelpferde und Weihnachtsbäume und Weihnachtsmänner und Hühner und Truthähne und Stollen und Flaschen und Dudelsackpfeifer und Schornsteinfeger und Maronenverkäuferinnen, die ganze Pfannen voll Kastanien auf dem brennenden schwarzen Öfchen in die Höhe springen ließen.

Und die Stadt wirkte kleiner, eingeschlossen in ein leuchtendes Gefäß, begraben im dunklen Herzen eines Waldes, zwischen den hundertjährigen Stämmen der Kastanienbäume, unter einer unendlichen Schneedecke. Irgendwoher aus dem Dunkel hörte man das Heulen eines Wolfs; die Häschen hatten eine im Schnee vergrabene Höhle, im warmen roten Erdreich unter einer Schicht von Kastanien.

Ein weißes Häschen kam herausgelaufen, wackelte mit den Ohren, lief dahin unter dem Mond, aber es war weiß, und man sah es nicht, so als ob es nicht da wäre. Nur seine Pfötchen hinterließen einen leichten Abdruck auf dem Schnee, wie die Blättchen eines Kleeblatts. Auch den Wolf sah man nicht, weil er schwarz war und in der schwarzen Finsternis des Waldes stand. Nur wenn er das Maul öffnete, sah man die spitzen weißen Zähne.

Es gab eine Linie, an der der ganz schwarze Wald aufhörte und der ganz weiße Schnee begann. Das Häschen lief hierhin und der Wolf dahin.

Der Wolf sah die Spuren des Häschens im Schnee und folgte ihnen, blieb aber immer im Dunkeln, um nicht gesehen zu werden. Dort, wo die Spuren aufhörten, mußte das Häschen sein, und der Wolf trat aus dem Dunkel, sperrte den roten Rachen auf, ließ die spitzen Zähne sehen und schnappte nach dem Wind.

Das Häschen war ein bißchen weiter weg, unsichtbar; es kratzte sich mit der Pfote am Ohr und sprang hakenschlagend davon.

Ist es da? Ist es dort? Ist es ein bißchen weiter weg?

Man sah einzig und allein die Schneefläche, so weiß wie diese Seite.

Vitaliano Brancati

Ein ›fortschrittlicher Mann‹ bei der Mitternachtsmesse

✶

»Aber diese Musik da«, begann Rechtsanwalt Trombetti scharfsinnig aufzubegehren, während er in jener Nacht aber doch, wie so viele andere auch, das Kinn auf die Brust gedrückt und die Hände gefaltet hatte, »entschuldigt vielmals, aber diese Orgelmusik da? …«

Er wandte sich nun seinem Kollegen Grassoni zu, einem Zweizentnergewicht, das zu keinem selbständigen Urteil fähig war und sein massiges Gesicht neben ihm bis zu den Knien senkte.

»Kennst du diese Musik denn nicht?«

Der schwergewichtige Kollege hob sein mit Haarbüscheln zugewachsenes Ohr Trombettis Mund entgegen: »Was sagst du?«

»Also hör mal«, sagte Trombetti und gebrauchte unfreiwillig einen Satz, wie ihn ein wütender Mann sagt, der dabei ist, seine Geduld zu verlieren. »Ich sagte, diese Musik, die die Orgel spielt, kommt mir bekannt vor!«

»Das ist aus *Norma*!« rief der dicke Kollege aus, wobei ihm diese Worte, da er wegen seiner Taubheit die Kontrolle über seine Stimme verloren hatte, wie ein Schrei über die Lippen kamen, der einige Damen hochschrecken ließ.

»Aber das ist doch weltliche Musik!« murmelte Trombetti, während er die Stirn auf die gefalteten Hände senkte.

Grassoni hielt dem Freund sein großes rotes Gesicht eine Minute lang geduldig zugewandt und lauschte in Erwartung weiterer Worte mit seinem von Haaren verstopften Ohr, da sein Freund aber keine Anzeichen machte, die Lippen zu bewegen, zog Grassoni sein Gesicht zurück und richtete den in Hemden, Jacken, Pullover und Tücher eingemummten Oberkörper auf.

Aber plötzlich drehte sich Trombetti dann wieder um und winkte seinen Kollegen mit der kurzen, fetten Hand heran; beflissen neigte sich der dicke Mann Trombetti zu, der ihm, um sich bequemer nähern zu können, den Ellbogen auf die Knie legte und, nachdem er die beiden Haarbüschel, die die Öffnung versperrten, mit der Hand beiseitegeschoben hatte, gellend in sein Ohr sagte: »Die Kirche muß sich erneuern, wenn sie nicht sterben will!«

»Jawohl!« erwiderte der Kollege leise, wiederholte aber gleich darauf aus Angst, dieses einzige Wort nicht ausgesprochen, sondern nur gedacht zu haben, im vollen Brustton: »Jawohl, ja!«, worauf die Damen zum zweitenmal hochschreckten.

Trombetti drückte ihm fest aufs Knie, um ihm zu bedeuten, daß er zu laut gesprochen habe, und senkte die Stirn wieder auf das Pult seines Betstuhls.

Die Orgel spielte jetzt eine sakrale Musik, und der Frauenchor, von dem einige mit einem schwarzen Schleier bedeckte Köpfe über die Balustrade ragten, sang zart.

Dann wurden über den Kandelabern am Hauptaltar plötzlich zwei weiße Vorhängchen weggezogen, so daß ein überaus liebliches Jesuskind sichtbar wurde. Dies bedeutete, daß jetzt Mitternacht war.

Alle bekreuzigten sich und knieten nieder. Selbst Rechtsanwalt Grassoni schob, obwohl er mit seiner ganzen unbeweglichen Körperfülle sitzen blieb, den rechten Fuß so weit zurück, bis er das hinter ihm stehende Mädchen traf, und beugte das gewaltige Knie, um es sozusagen kniend abwärtsrutschend dem Fußboden möglichst weit zu nähern. Von den Wolken gedämpft, an deren Dichte und dunkle Färbung sich alle erinnerten, weil sie sie vor dem Eintreten in die strahlend hell erleuchtete Kirche mißtrauisch betrachtet hatten, hörte man nun bald lauter, bald leiser großes Glockengeläute.

Der Priester hob die Stimme und sang deutlich einige lateinische Worte.

Rechtsanwalt Trombetti fuhr herum und platzte heraus, wofür sein Kollege diesmal unverzüglich sein Ohr lieh: »Schade, daß der Ritus viel zu mysteriös ist und man gar nichts versteht!«

Der Kollege nickte immer wieder zustimmend mit dem großen Gesicht und preßte die Lippen bitter zusammen; und sobald sich ihm Trombetti noch einmal zuwandte, um seine Worte mit einem Augenzwinkern zu unterstreichen, senkte er sein großes Gesicht und preßte die Lippen wieder bitter zusammen.

Die Orgel spielte jetzt aus allen Pfeifen, die Chormädchen sangen aufrecht und dem Publikum zugewandt aus voller Kehle, der Priester hob ungeduldig, weil die Klänge ihn übertönten, Arme und Stimme. Ein Funken Hoffnung leuchtete in aller Augen auf. Die lateinischen Worte des Priesters erweckten auch in den demütigsten Gemütern klare Glücksvorstellungen: einzig und allein Trombetti sagte sich, daß er nichts verstand, und da er sich so den strahlenden Fingerzeigen des Ritus verweigerte, verfiel er auf einsamer Bahn Phantasien, die schwärzer waren als die Nacht. So wie man bei einem plötzlich ruhig und durchsichtig gewordenen Meer, in dem man mit von einer Taucherbrille geschützten Augen untertaucht, am Grund auch die kleinsten Gräser, Fische, Felsen sieht, so sah er ganz deutlich am Grund der Vergangenheit Milliarden Menschen, die dort für immer schliefen. Milliarden, Abermilliarden ... Wenn ihre Gesichter mit der frischen Farbe, die sie als Zwanzigjährige hatten, nur blattgroß wieder zum Vorschein kämen, könnte sich ein Wald damit belauben, der die ganze Erde bedeckte, ja vielleicht noch größer wäre, so daß er sich bis in Himmelszonen ausdehnen müßte. Wie erbarmungswürdig! Kein anderes Lebewesen, das in der Luft oder im Wasser kreucht oder fleucht, erregt so großes Erbarmen wie der Mensch mit seiner Flamme von Gedanken auf dem Kopf, mit der er begierig den Himmel umzüngelt und in ihn eindringt, die Ewigkeit verschlingt, und die ihm der Tod dennoch plötzlich ausbläst, so daß an ihrer Stelle nur eine Nische ewigen Dunkels übrigbleibt. »Alles ist Materie!« murmelte Trombetti und wandte sich seinem Kollegen zu, um ihm diesen Gedanken mitzuteilen, der ihm wie eine wunderbare Entdeckung erschien; aber der Kollege hatte die Augen geschlossen, und in seinem bei den geschlossenen Lidern noch größer wirkenden Gesicht konnte man wie unter einem Vergrößerungsglas die Adern, Arterien, Bartstoppeln und Poren sehen.

Trombetti betrachtete ihn eine Minute lang, dann beugte er sein Haupt wieder über das Betpult ... Fünfzig Jahre lang Herzklopfen, Atmen und Kontraktionen der Leber: und doch nur Schwere der Materie. Wie Schlaf auf den Lidern! Nicht der allabendliche, von Träumen durchwobene und schon das Erwachen vorausahnende Schlaf, sondern ein sehr viel härterer und schwererer Schlaf, der sich wie ein Überbleibsel mangelnder Nachtruhe von Morgen zu Morgen immer mehr verdichtet hat: ein kräftiger und mächtiger Schlaf, der uns von allen Ängsten und Sorgen, allen Wünschen, körperlichen Gebrechen, all dem Geschrei und Getöse einer endlosen Zukunft verschont.

Der zelebrierende Priester hatte mit erhobenem Kelch die Stufen des Hauptaltars betreten. Dies war der Augenblick der Kommunion. Frau Maglia mit ihrem auf einer schwarzen Haarpyramide und über dem Brillengestell sitzenden Hütchen erhob sich und ging mit aneinandergelegten, ringbeschwerten Händen tapsig wie ein junger Hund nach vorn. Gleich nach ihr trat aus den Stuhlreihen Fürst Baglione hervor, der unter der Nase eine schwarze Bürste trug; dann ein gebeugt gehender großer junger Mann, der die Hände in die Taschen seines Regenmantels steckte; ein Mädchen mit dreieckigem Gesicht, das ein ebenfalls dreieckiges Seidentuch auf dem Kopf trug; und schließlich die armselig gekleideten kleinen Mädchen aus dem Kinderheim, die beim Vorübergehen den Geruch von nassen Kräutern hinterließen.

Trombetti wandte sich seinem Kollegen zu, der seine Augen wieder aufgeschlagen hatte: »Der protestantische Ritus«, sagte er, »überzeugt mich mehr.«

Mit diesen Worten stand er auf und bahnte sich zwischen den Stühlen hindurch ebenfalls den Weg zum Hauptaltar.

Sein Kollege hob den Kopf, um jeden seiner kleinsten Schritte liebevoll und ergeben wie ein alter Hund mit den Blicken zu verfolgen. Auf diese Weise beobachtete er ihn dabei, wie er auf den Stufen des Hauptaltars niederkniete und nach geduldigem Warten die geweihte Hostie empfing; dann sah er ihn zurückkehren, die Stühle beiseiteschieben und die Knie auf das abgewetzte Samtpolster beugen. Er wollte ihm eine Frage stellen, aber Trombetti hielt das Gesicht zwischen den Händen vergraben und preßte die Augen fest zu. Und so beobachtete er, der ihm gern ergeben zugehört hätte, ihn mit noch größerer Ergebenheit beim Schweigen und Meditieren.

Einer, der auf den Stufen des Altars gekniet hatte, fuhr plötzlich hoch und schrie: »Ich bin die geweihte Hostie nicht wert! Ich habe den Gefreiten Caruso getötet!«

Entrüstetes Stimmengewirr erhob sich aus dem Publikum. Grassoni reckte wieder den Hals und riß die Augen auf, begriff aber nicht, was geschehen war, teils wegen seiner Taubheit, vor allem aber deshalb nicht, weil die einzigen Dinge, die er verstand, jene waren, die ihm sein Kollege Trombetti vermittelte.

Endlich hob dieser die Stirn aus den Händen, blickte gleichgültig zum Hauptaltar, drehte sich dann um und stützte einen Ellenbogen auf das Knie seines Freundes: »Ein typischer Wahnsinniger«, sagte er dann. »Ich verstehe nicht, wie man ihn hier hereinlassen konnte! Die Mörder des Gefreiten Caruso sind bereits zu vierundzwanzig Jahren verurteilt worden, und dieser Schwachsinnige schreit hier noch herum, daß er der wahre Mörder sei!«

Grassoni schob mißbilligend die Lippen vor und wackelte dreimal mit dem Haupt.

»... Ite missa est.«

Der Gottesdienst war beendet. Die beiden Kollegen traten hinter einem Berg von Pelzen, der sich über den winzigen Schritten einer Dame nur langsam bewegte, als letzte hinaus. Auf der Straße war es kalt, und über den Barockpalästen zogen niedere weiße Wolken unter hohen, regungslosen, schiefergrauen Wolken rasch vorüber. Trombetti klammerte sich an den Arm seines Kollegen, der einen großen Pelzhut tief in die Augen und über die Ohren herabgezogen hatte. »Die Katholiken«, hob er mit seiner gellenden Stimme an, »haben sich eine sehr bequeme Moral zurechtgelegt: lange, voll ausgekostete Sünden und kurze, in einem einzigen Augenblick vergessene Gewissensbisse.«

Sein Kollege, der sich ihm ganz zugeneigt hatte, nickte bei jedem Wort und versenkte dabei sein Kinn in den Lammfellkragen.

Die Kirchgänger waren inzwischen in ihren Häusern oder in Cafés verschwunden, und die Straße war menschenleer. Aber Trombetti ließ nicht locker. An den Arm des anderen geklammert und hin und wieder stehenbleibend, um sich auf die Fußspitzen zu erheben und ihm zwischen die Haarbüschel ins Ohr zu schreien: »Wir sind Heuchler: nichts anderes!«, spazierte er weiter und nahm sich Zeit, der Reihe nach alles zu zerschlagen, was er »Aberglauben« und »rückständige Sitten« nannte. Dreimal gingen sie den langen Corso hinauf und dreimal hinab, und unentwegt hielt der riesige Kollege dem kleinen Trombetti sein großes Gesicht respektvoll zugeneigt.

Plötzlich fiel etwas klimpernd zu Boden, Trombetti blieb stehen und hielt den Freund zurück: Er wußte, daß dieses Klimpern von einem winzigen Gegenstand kam, der beim Herausziehen des Taschentuchs heruntergefallen war. Er war einen Augenblick unentschlossen, ob er sich bücken oder weitergehen sollte. Er sah seinem Kollegen ins Gesicht, erhob sich auf die Zehenspitzen, um ihn aus der Nähe sehen zu können, und stieß ein erstauntes »Oh!« aus: Der wackere Mann hatte die Augen geschlossen und schlief, obwohl er mit geneigtem Haupt immer weitergegangen war, schon seit mindestens einer Viertelstunde.

Da bückte sich Trombetti rasch und hob die Madonnenmedaille auf, die ihm aus der Tasche gefallen war.

Mario Soldati

Täuschung und Gewißheit

✶

Die Welt änderte für mich ihre Farbe – die Wände des Klassenzimmers, die Tafel, die Karte von Piemont, die bekritzelten schwarzen Bänke, die Gesichter meiner Klassenkameraden der zweiten Grundschulklasse, die gerade über mich lachten, das hohe schwarze Pult und der Lehrer, Herr Bòrtoli, der auch lachte, die zum großen Hof gehenden Fenster, die wenigen, nunmehr kahlen Platanen, der im Dezember graue Turiner Himmel –, die Welt änderte für mich ihre Farbe in jenem Augenblick, morgens am Tag vor Heiligabend, als ich entdeckte, daß das Christkind nicht existiert.

Ich stand an der Tafel. Herr Bòrtoli hatte mich gefragt: »Und du, was hast du dir zu Weihnachten gewünscht?«

»Ein Fahrrad.«

»Und wie hast du das gemacht?«

»Ich habe einen Brief geschrieben.«

»Und wem hast du den Brief dann gegeben?«

»Niemandem.«

»Aber nein, du wirst ihn doch Mama oder Papa gegeben haben, wie alle anderen auch!«

»Nein, niemandem.«

»Und was hast du mit dem Brief gemacht?«

»Gestern abend habe ich ihn vor dem Einschlafen auf dem Nachttisch liegen lassen. Heute morgen, als ich aufgewacht bin, war er verschwunden.«

»Also gut. Das heißt, daß Mama oder Papa ihn genommen haben.«

»Nein.«

»Warum nicht?«

»Weil ... weil das Christkind keine Hilfe braucht.«

Da waren meine Schulkameraden, die ganze Klasse, in brüllendes Gelächter ausgebrochen. Ich sehe sie noch immer vor mir, gegen das kalte Licht der Fenster zum großen Hof, wie sie alle dastanden in ihren schwarzen Kittelchen, sich kaputtlachten, sich schüttelten, schrien und mit den Füßen auf die Fußbänkchen trampelten, während einer etwas vor sich hin sang, das ich nicht verstand. Ich verstand gar nichts. Ich verstand noch nicht einmal, daß sie über mich lachten. Ich verstand es kurz darauf, als ich merkte, daß alle mich ansahen. Aber worum es sich handelte, verstand ich erst – die Verspätung war in Wirklichkeit eine instinktive Abwehr gewesen, ein Nicht-verstehen-Wollen –, als es mir gelang, die Worte des Singsangs zu erfassen: »Ha-Ha! Ha-Ha! Er glaubt noch an das Christkiiind! Er glaubt noch an das Christkiiind!«

Und dann, der Schmerz. Stechend und tief, als hätte mir ein Schlag gegen die Brust den Atem genommen.

Ich war sieben Jahre alt und hatte die wohlbehütete bürgerliche Erziehung zu Anfang dieses Jahrhunderts genossen, glaubte also noch an das Christkind: Es kam in jener Nacht auf die Erde, trat in unser Haus wie auch in alle anderen Häuser, drapierte seine Geschenke schön ordentlich um die Krippe, die ich – auch sie durch Zauberhand, das heißt auf wundersame Weise, aber vom Christkind persönlich in der niedrigen Kammer mit dem Dachfenster aufgebaut – am nächsten Morgen bei meinem blitzartigen und begierigen Erwachen fand, wenn ich in den Flur stürzte. Ich wußte auch, weil ich es bei meinen kleinen Cousins und in anderen Wohnungen gesehen hatte, daß die Krippe überall etwas anders aussah und an anderen Stellen stand, ich wußte sogar, daß das Christkind in manchen Wohnungen statt dessen einen Weihnachtsbaum aufstellte und die Geschenke darunter legte oder an die Zweige hängte.

So groß war also mein Glaube und so groß mein Schmerz, ihn zu verlieren, daß ich im ersten Augenblick das Gelächter noch als grausamen Scherz meiner Klassenkameraden deutete, die sich alle gegen mich verbündet zu haben schienen. Bis ich mich, als ich sah, daß sogar der Lehrer amüsiert weiterlachte, schließlich ergab.

Bis dahin hatte ich immer gedacht, wenn jemand im Leben so an eine Sache glaube wie ich an das Christkind, dann sei es unmöglich, daß es sich nicht um die Wahrheit handele, und genau das, nur das erzeugte meinen Schmerz: Mein Papa und meine Mama, meine Großeltern, Onkel und Tanten, Cousins und Freunde hatten mich also alle bisher getäuscht. Daß nun meine Klassenkameraden und der Lehrer über mich lachten, mißfiel mir natürlich: Aber das war nichts dagegen – aha! so also stehen die Dinge! –, daß Täuschung im Leben möglich ist, eine ungeheure und schreckliche Täuschung wie diese! Kurz: Das war meine erste Enttäuschung: von geringer Dauer, aber vielleicht die schlimmste aller Enttäuschungen, die ich seit damals bis heute, siebenundsiebzig Jahre später, empfunden habe. Ein umfassender Zweifel oder, wie man heute sagen würde, ein existentieller, schlich sich in jenem Augenblick in mein Bewußtsein. Wahrscheinlich, so begann ich mir damals zu sagen, existiert nichts, absolut nichts außer dem, was wir sehen, anfassen oder erfahren können.

Meinen Kindern wollte ich niemals, auch nicht im zartesten Alter, einen solchen Schmerz bereiten, wie ich ihn gefühlt hatte: Ich erzählte ihnen nie Lügenmärchen, und auf alle ihre Fragen antwortete ich immer mit vollkommener Aufrichtigkeit.

War also das Geschenk des Christkinds, solange ich an das Christkind glaubte, das schönste aller Geschenke, die ich je erhalten hatte?

Ich gehe sie geschwind im Kopf noch einmal durch. Ich erinnere mich nicht an alle. Wie könnte ich? Aber ich finde eines, nur eines, das mich noch immer rührt, wenn ich wieder daran denke. Ein Geschenk, das mein Leben gezeichnet hat, wohl deshalb, weil ich so überrascht war, es zu erhalten, daß es mir außerordentlich, fast wie ein Wunder erschien.

Vor vielen Jahren schenkte mir ein Mädchen, ein Mädchen aus Fiume, sehr jung und schön, seltsam, kühl und bezaubernd, zu Weihnachten ein Paar Hosenträger. Ich erinnere mich nicht mehr, wie diese Hosenträger aussahen. Ich weiß, daß sie äußerst elegant waren, ganz anders als alle anderen, die ich bis dahin besessen hatte, und auch anders als diejenigen, die ich in den elegantesten Modeläden gesehen hatte. Mir scheint, sie seien irgendwie blau gewesen. Oder sind es ihre blauen Augen, die nun meine Erinnerung beeinflussen?

Aus irgendeinem Grund, der mir damals geheimnisvoll erschien, den ich mir heute hingegen mit der einfachen Feststellung erkläre, daß ich in sie verliebt war, auch wenn ich glaubte, es nicht zu sein, erinnere ich mich sehr genau, daß die geschenkten Hosenträger für mich eine Offenbarung waren. Ich kannte dieses Mädchen und traf mich mit ihr seit einigen Monaten, jeden Tag: Aber bis zu dem Moment, in dem sie mir die Hosenträger schenkte, hatte ich immer geglaubt, daß sie mich nicht mochte, daß sie mich von Natur aus nicht mögen könne, wegen ihres so kühlen, ganz eigenen Temperaments. Die Hosenträger hingegen reichten aus, mich einen Verdacht schöpfen zu lassen: Dann, sagte ich mir, dann also liebt sie mich ja vielleicht?

Dieses Mädchen aus Fiume ist dann meine Frau geworden, und sie ist die Mutter meiner Kinder, meine Lebensgefährtin. In den fast vierzig Jahren, die wir nun zusammen sind, hat sie mir nicht ein einziges Mal gesagt, daß sie mich liebt. Vierzig Jahre voller Arbeit, Opfer, ehelicher und mütterlicher Hingabe sollten mich davon überzeugen, daß es sich nur um eine formale Zurückhaltung handelt, um einen stillen Vorbehalt, ihrem freien Charakter entsprechend, der Worte verschmäht und nur Taten schätzt. Aber keine dieser äußerst vernünftigen Überlegungen wiegt für mich so viel wie das vorsintflutliche Geschenk der Hosenträger. Vielleicht, weil ich ein Literat bin und weil ich, im Gegensatz zu ihr, Worte sehr viel höher bewerte als Taten, zweifele ich manchmal noch immer an ihrer Liebe. Will ich den Trost absoluter Gewißheit, muß ich nur an die Hosenträger denken.

Also? Wer weiß. Die Täuschung durch meine Mutter war vielleicht gar keine Täuschung. Vielleicht existiert das Geschenk der Liebe ja wirklich.

Gianni Celati

Mit dem Paradies ist es vorbei

✶

In der Woche vor Weihnachten hatte es eines Nachts sehr stark geschneit, und das ganze wirtschaftlich hochentwickelte Städtchen, wie es in den Zeitungen genannt wurde, lag unter einer weißen Decke. Am Morgen war auf der Ringstraße der Verkehr gesperrt, auf den Bäumen lag so viel Schnee, daß man keinen Zweig mehr sah, und überall hörte man den Lärm der Schneepflüge, die auf den Straßen ihre Pflicht taten. Die Autos hupten, die Verkehrsampeln waren außer Betrieb, die Fußgänger winkten den Autofahrern zu, um nicht überfahren zu werden, und die Kinder, die in die Schule gingen, hatten bei diesem Durcheinander nicht einmal Lust, einen Schneeball zu werfen.

In dem wirtschaftlich hochentwickelten Städtchen schlief ein alter Bettler namens Tugnin immer im Freien auf ein paar Stücken Karton, die er am Westlichen Ring, dem wohlhabendsten Stadtteil, auf dem Kellergitter eines großen Wohnhauses ausbreitete. Die Wärme der Heizkessel, von denen die Heizung des großen Wohnhauses versorgt wurde, stieg aus dem Keller hoch zum Gehsteig, und dem alten Bettler Tugnin war es zur Gewohnheit geworden, dort in seinem selbstgemachten Bett aus Verpackungskarton zu schlafen. Auch über seinen Körper stellte er einen Karton auf, so daß ihn eine

Art kleines Zelt ziemlich gut vor Wind und Regen schützte, und das muß ihn wohl auch in der Nacht geschützt haben, in der es so stark schneite. Am nächsten Morgen hatten die Schneepflüge den Schnee auf den Gehsteigen zu Haufen zusammengeschoben, und dabei hatten sie den alten Bettler Tugnin unter seinem Karton mit einem kleinen Schneehügel zugedeckt, der wegen der großen Kälte sofort zu Eis gefror. Und darunter hatte Tugnin zwei Tage lang gelegen, vermutlich mit einem Teil seines Körpers in der Wärme, da die warme Luft aus dem Keller in die Höhe stieg und ein Loch in den Eishügel bohrte. Aber, und darin waren sich alle einig, zwei Tage lang unter vereistem Schnee zu liegen tut keinem Menschen gut.

Die Schüler eines Gymnasiums in der Gegend fanden zwei Tage später einen Fuß des alten Bettlers. Als sie daraufhin im Schnee herumstocherten, fanden sie auch noch einen Arm, da benachrichtigten sie die Polizei, damit sie ihn aus dem Haufen herausholte, sie glaubten nämlich, es handle sich um eine Leiche. Was aus dem Schnee herausgezogen wurde, war aber keine Leiche, sondern Tugnin, bewußtlos und halb erfroren, weswegen er sofort von einer Ambulanz ins größte Krankenhaus der Stadt eingeliefert wurde. Und das passierte in der Woche vor Weihnachten, wie ich schon sagte.

Nun muß man wissen, daß in dem wirschaftlich hochentwickelten Städtchen Weihnachten wirklich etwas Grandioses ist, dort sind nämlich die Reichen so reich, daß sie sich nicht zurückhalten können, von allem, was auf dem Markt ist, die teuersten Markenartikel zu kaufen. Dort wollen alle Häuser am Meer und Häuser im Gebirge haben, außerdem Yachten, um Kreuzfahrten zu machen, und besondere Kleidungsstücke, die man nur in der Gegend sieht, und Luxusuhren, die ein Vermögen kosten, und Geländewagen, die für Safaris und Bergfahrten gebraucht werden. Wenn Sie also zufällig in die Gegend kommen, sehen Sie in den Straßen der Innenstadt märchenhafte Geschäfte, Berge allerfeinster Waren, glitzernde Schaufenster, in denen mit Neonlicht geschrieben amerikanische Wörter stehen, und Massen von Käufern, die schimpfen, wenn die teuersten Artikel schon verkauft worden sind, bevor sie da waren. Wenn Sie dann zufällig zur Weihnachtszeit dorthin kommen, sehen Sie ein unglaubliches Handgemenge in den Geschäften und unzählige Pelzmäntel und Schmuckstücke und die eleganten Ehefrauen, welche die Bürger des wirtschaftlich hochentwickelten Städtchens haben! Etwas absolut Modernes, das man sonst nur im Fernsehen sieht.

Die Stadträte freut es sehr, daß Weihnachten bei ihnen so abläuft, denn das ist der Beweis dafür, daß ihre Gemeinde ein Städtchen mit zufriedenen Bürgern ist, die das Leben und die schönen Dinge lieben und obendrein noch sehr anständig sind. So zeigt das lokale Fernsehen jedes Jahr verschiedene Aspekte der Weihnachtszeit: die großen Christbäume mit Festbeleuchtung auf den Straßen, die glitzernden Geschäfte mit Schriften aus Neonlicht und auch Interviews mit Geschäftsleuten, die ihre Befriedigung über den Verkauf äußern. Aber in jenem Jahr wollte man auch die Solidarität unter den Menschen zeigen, die das Weihnachtsfest verlangt. Daher wurde beschlossen, ein Fernsehteam ins größte Krankenhaus der Stadt zu schicken, um die Kranken zu interviewen, die leiden müssen und hoffen, bald wieder gesund zu werden.

Der Direktor des lokalen Fernsehens war ein dikker Kerl mit hängendem Schnurrbart, der sich, wie alle in dem Städtchen wußten, für einen großen

Herzensbrecher hielt. Dieser stellte über Weihnachten, auf beschränkte Zeit, ein junges Mädchen und zwei junge Männer ein: Es waren drei ehemalige Studenten, die ihn um Arbeit ersucht hatten, weil sie im Moment arbeitslos waren. Nachdem der Direktor die drei als Aushilfskräfte mit einer Woche Probezeit eingestellt hatte, erklärte er ihnen, was sie zu tun hatten, wortwörtlich wie folgt: »Am Heiligen Abend geht ihr ins Krankenhaus und interviewt mir ein paar Kranke, aber Leute, die aufgeweckt aussehen. Zeigt euch verständnisvoll, laßt sie reden, aber bitte kein Gejammer. Wenn ihr einen rührenden Fall findet, gut, aber ein aufgeweckter Kranker muß es sein, nichts Depressives, bitte! Und vor allem keine Arschgeigen!«

Schließlich kommt der Heilige Abend, an dem alle Familien zu Hause vereint sind, und jeder überdenkt noch einmal befriedigt, was ihm zu verkaufen oder zu kaufen geglückt ist. In dem Städtchen möchten an diesem Abend alle zu Hause bleiben, um den Frieden und das Wohlgefühl des ausgiebig verdienten Geldes zu genießen. Und genau an diesem Abend mußten die drei Aushilfskräfte vom Fernsehen, die drei ehemaligen arbeitslosen Studenten, zu ihrer ersten Reportage ins Krankenhaus. Sie glaubten, es würde dort recht still und trübsinnig zugehen, sie fürchteten, die Kranken in den Sälen zu stören, wenn sie mit der Fernsehkamera auftraten. Aber sowie sie drin waren, stießen sie überall auf Leute, die beieinander standen und angeregt diskutierten, aber nicht nur Kranke im Schlafanzug, sondern auch Ärzte und Pfleger. Sie erfuhren, daß ein alter Bettler, den man vor einer Woche halbtot eingeliefert hatte, am Nachmittag aufgewacht war und jetzt im Delirium erzählte, er habe mit Gott gesprochen. Aber was er sagte, war so überraschend, daß auch die diensttuenden Ärzte kamen, um ihm zuzuhören, und vor Staunen keine Lust mehr hatten, nach Hause zu gehen.

Die drei Aushilfskräfte vom Fernsehen überkam eine große Ratlosigkeit, weil sie nicht wußten, was sie tun sollten. Der dicke Direktor hatte angeordnet, nur Leute zu interviewen, die ein einwandfreies Italienisch sprachen, während der alte Bettler, der oben erwähnte Tugnin, wirr und irr im Dialekt redete. Aber andererseits redete man im ganzen Krankenhaus nur von ihm, und niemand schien sich mehr an den Trübsinn zu erinnern, der sonst am Heiligen Abend in einem Krankenhaus herrscht. Wen sollten sie interviewen? Ein großer, kräftiger Pfleger, der in den vergangenen Stunden den Reden des Patienten Tugnin zugehört hatte, erklärte sich bereit, vor der Fernsehkamera zu sprechen. Er sagte, der oben erwähnte Tugnin habe von einer Reise durch die Lüfte erzählt, die einige Tage gedauert habe, das heißt die ganze Zeit, in der er unter dem vereisten Schnee gelegen habe, dort auf dem Westlichen Ring.

Offenbar hatte Tugnin gesagt, Engel seien gekommen, hätten ihn unter den Achseln gepackt und ihn so hoch hinaufbefördert, daß er die Erde viel besser habe sehen können als von einem Satelliten aus. Dort oben habe er nämlich die Erde aus der Ferne gesehen, aber zugleich doch so nahe, als hätte er mit einem Fernrohr direkt in die Häuser des wirtschaftlich hochentwickelten Städtchens hineingeschaut. Wie das zugegangen sein sollte, war nicht zu verstehen, weil seine Erzählung aus wirren Wörtern zusammengestoppelt war. Aber indem Tugnin so hoch vom Himmel heruntergeschaut hatte, schien er etwas kapiert zu haben. Er hatte kapiert, daß hier unten alles fällt und zerfällt, alles immerzu in Stücke geht, daß alles herunterfällt wie der Regen und auch so feste Dinge wie ein Stein oder eine Mauer immerzu in Staub zerfallen, ohne daß wir es merken. Dies war der Teil von Tugnins Vision, der die Kranken am meisten beeindruckt hatte, und auch die Ärzte und Pfleger, die dageblieben waren, um ihm zuzuhören. Denn der Bettler Tugnin sagte in seinem Bett immer wieder, daß alles ohne Unterlaß falle und zerfalle bis zu den letzten Grenzen der Welt, und er habe es vom Himmel oben sehr genau gesehen, und man könne sich gar nicht täuschen, weil alles immer und überall falle. Nichts von allem, was jetzt da sei, sagte er, werde bleiben, und die reichen Knöpfe, die sich werweißwas einbildeten, nur weil sie soviel Geld verdient hätten, würden sehr bald leer ausgehen.

Vielleicht hätten seine Worte keinen so großen Eindruck gemacht, wären nicht die Patienten aus der onkologischen Abteilung nebenan zum Zuhören gekommen. Der mit verbundenem Hals, jener mit kahl geschorenem Schädel, andere ausgedörrt von den Kobaltanwendungen, alle hatten sie den Worten des oben erwähnten Tugnin begeistert zugestimmt, sie sogar mit frohlockenden Gebärden und unheimlichen Blicken begleitet. Es war, als ob sie die Worte des armen Tugnin besser verstehen würden als die anderen und als ob er etwas sagen würde, das für sie goldrichtig und unanzweifelbar war, wenn auch für die anderen nur schwer verständlich. Da hatte sich um sein Bett und in den Krankensälen eine allgemeine Diskussion darüber entsponnen, daß alles immerzu zerfällt und auch wir das ganze Leben lang Stückchen um Stückchen zerfallen und daß die Ärzte da überhaupt nichts machen können und daß sie nur so tun, als würden sie uns behandeln, damit sie ihr Gehalt bekommen. So sagten die Patienten aus der onkologischen Abteilung und auch viele

Patienten aus der kardiologischen, die den Ungläubigeren die ganze Geschichte plausibel machten.

Die Vision hatte aber noch einen zweiten Teil, in dem sich Tugnin mit Gott traf. Nach Tugnins Aussagen war Gott ein wortkarger Typ. Und er hatte wohl im wesentlichen gesagt, ihm sei alles egal, denn er könne nicht hinter den Menschen herlaufen und sie umstimmen, sie hielten sich ja alle für so schlau und seien in Wirklichkeit nur arme Arschlöcher. Sie könnten ruhig machen, was sie wollten, so soll Gott gesagt haben, mit ihren Banken, Autos, Zeitungen und ihrem Fernsehen. Er wolle nichts mehr von ihnen wissen, die Menschen seien nämlich zu ekelhaft geworden, und sie könnten sich ruhig zum Teufel scheren. So nachdenklich der andere Teil der Vision die Patienten gestimmt hatte, so fidel waren sie bei diesen Worten Gottes geworden, es gefiel ihnen zu gut, sie sich anzuhören und dann mit lauter Stimme zu wiederholen. Es wurden sogar einige Patienten aus der geriatrischen Abteilung gesehen, die sonst in ihrer künstlichen Starrheit schon wie Mumien aussahen, aber nun lachten und Gottes Worte zu ihrer großen Befriedigung in einem fort wiederholten. Kurz, im Krankenhaus ging es jetzt so lebendig zu, als würde nicht der Heilige Abend gefeiert, sondern eine neue, aufregendere Verkündigung, die durch Tugnins Zwiegespräch mit Gott für alle Menschen vom Himmel herunterkam.

Die drei Aushilfskräfte vom Fernsehen wußten inzwischen nach dem Interview mit dem großen, kräftigen Krankenpfleger nicht mehr, was sie tun sollten. Sie hatten immer noch nicht begreifen können, ob Tugnins Fall zu den rührenden Fällen gehörte, die der Fernsehdirektor haben wollte. Und da sie nicht wußten, was sie tun sollten, kam einer von ihnen, das heißt das Mädchen mit dem krausen Haar, auf die Idee, den dicken Fernsehdirektor mit dem hängenden Schnurrbart anzurufen, der ihr seine sämtlichen Telefonnummern gegeben hatte, mit der Bitte, ihn zu jeder Zeit anzurufen, wenn sie ihn brauchte. So ruft das Mädchen mit dem krausen Haar am Heiligen Abend den Direktor mit hängendem Schnurrbart an, der sich, wie alle wußten, für einen großen Herzensbrecher hielt. Und er zeigt sich, obschon im Schoß der Familie, ziemlich wohlwollend und nachsichtig, und lädt sie bei der Gelegenheit zu einem Abendessen nach den Feiertagen ein. Als er aber dann vom Fall des alten Bettlers hört, der mit Gott gesprochen hat, bekommt er plötzlich einen Wutanfall und brüllt wortwörtlich ins Telefon: »Ich habe euch doch gesagt, ich will keine Arschgeigen! Das Delirium eines verblödeten Alten, das interessiert doch kein Schwein! Interviewt ein paar Kranke, die hoffen, daß sie bald gesund werden, und rührend sollen sie sein, aber aufgeweckt! Sagt ihnen, sie sollen ein wenig lächeln, und das wars dann!«

Während der Fernsehdirektor mit dem kraushaarigen Mädchen am Telefon sprach, lief eine Woge der Aufregung durch das ganze Krankenhaus, die sich in alle Abteilungen verbreitete. Ärzte, Pfleger und Patienten sprachen aufgeregt darüber, daß der Bettler Tugnin aus dem Delirium erwacht sei und aufgehört habe, mit geschlossenen Augen wirres Zeug zu nuscheln, und aufgestanden sei. Kaum auf den Beinen, begann er eine religiöse Predigt über Gott und über die Welt, die aber mit Flüchen gespickt war. Seine Flüche waren erregend, und die anderen Patienten mußten darüber lachen, aber sie paßten nicht gerade in den Mund eines Menschen, der mit Gott gesprochen hatte. Da aber in dem Moment eine Herzspezialistin des Krankenhauses den

Gang entlangkam, hatte der arme Tugnin die Gelegenheit ergriffen, um ihr seine Unterhaltung mit Gott näher zu erklären und auch, was es mit den Flüchen auf sich hatte.

Gott hatte ihm nämlich gestanden, er habe für die Menschen überhaupt nichts mehr übrig, weil sie im allgemeinen Arschlöcher, Schwachköpfe, Mafiose, Rüpel, Ungläubige, Nichtsnutze geworden seien, also Leute, die von nichts eine Ahnung haben, aber sich einbilden, sie wüßten alles; er, Gott, habe sie nun wirklich satt und wolle mit so falschen und arroganten Bestien nichts mehr zu tun haben. Fluchen sei demnach gesetzlich erlaubt, ja, es sei sogar richtig zu fluchen, um sich Luft zu machen, wenn man betrachte, wohin es mit der Welt gekommen sei, die der Abschaum der Menschheit an sich gerissen hätte. Das sagte er im Korridor, auf den Arm der Herzspezialistin gestützt, die übrigens eine attraktive junge Frau war, von allen bewundert und von vielen umworben. Und sie hörte ihm mit ziemlich wohlwollender Miene zu, während alle Kranken vor Neugier ihre Köpfe aus den Saaltüren reckten, um etwas von diesen Worten mitzubekommen.

Im wesentlichen, so die Worte Tugnins, habe Gott jetzt nichts mehr gegen das Fluchen. Er habe nämlich gemerkt, daß diejenigen, die sich als besser und anständiger hinstellten und nicht über den Lauf der Welt fluchten, daß die gewöhnlich die schlimmsten Mafiosen, Rüpel, Ungläubigen und Nichtsnutze seien. Im Gegenteil, so sagte Tugnin, den Guten glaube Gott jetzt nicht mehr, und auch denen nicht, die immer die Absicht hervorkehrten, sie hätten das Wohl der Welt im Sinn. Denn das seien fast immer Leute, die den anderen eins auswischen und nur Karriere machen wollten, in dieser und in jener Welt. An der Stelle blieb Tugnin stehen, ein wenig unsicher auf den Beinen, aber von der Ärztin mit verständnisvoller und wohlwollender Miene gestützt und ihr fest ins Auge blickend, erklärte er ihr dann das Allerwichtigste. Gott habe, so sagte Tugnin, alle Preise und Belohnungen für die Guten abgeschafft, denn er habe genug von solchen Leuten, die selbst im Jenseits noch eine gute Figur abgeben und Karriere machen wollten. Daher habe er das Paradies abgeschafft, und jetzt müsse jeder seinen eigenen Kopf anstrengen, ohne sich etwas zu erwarten und ohne sich scheinheilig als gut hinzustellen. Statt des Paradieses gebe es jetzt zum Trost das Fluchen, was aber ohne Zweifel nicht dasselbe sei. Aber wenigstens erscheine beim Fluchen nicht die Falschheit des Herzens, wie bei allen diesen gewissenlosen Betrügern, die vorgäben, sie würden auf der Welt das Gute tun, aber nur auf ihren Profit scharf seien, wie die Stadträte der wirtschaftlich hochentwickelten kleinen Stadt oder die Bagage, die im Parlament sitze, um die infame Nation der Italiener zu regieren.

Jetzt muß dem Leser gesagt werden, daß diese Erzählung hundertprozentig wahr ist, obwohl die Reden des armen Tugnin nicht Wort für Wort wiedergegeben werden können, denn er verstümmelte die Sätze, indem er sie bald auf italienisch, bald im Dialekt nuschelnd vorbrachte, und er war unter anderem auch völlig zahnlos. Aber für die Wahrheit der Tatsachen kann die Herzspezialistin bürgen, die dem armen Tugnin nicht nur mit großem Interesse zugehört, sondern auch gefunden hatte, daß alles, was er sagte, unantastbar sei. Insbesondere was die mafiose, ungläubige Bagage betraf, die in den Stadtrat gewählt oder ins Parlament geschickt worden war, um die infame Nation der Italiener zu regieren. Es muß nämlich hinzugefügt werden, daß diese Herzspezialistin, als sie den armen Tugnin so reden hörte, sich plötzlich nach der Zeit sehnte, in der sie als junges Mädchen eine politische Rebellin gewesen war, und daran dachte, wie sie zu den Massenkundgebungen ging, in der Hoffnung, eine ernsthafte Revolution anzuzetteln, die allen Ausbeutern und Schmarotzern auf dieser schändlichen Welt den Garaus machen sollte. Nachdem sie dem armen Tugnin zugehört hatte, war nämlich noch in derselben Nacht ein derart rebellischer Drang in ihr hochgekommen, daß sie, als die drei Hilfskräfte mit der Fernsehkamera vor ihr standen, das Mikrophon packte und eine echte politische Rede für das Krankenhaus hielt, die ungefähr eine halbe Stunde dauerte.

Sie hielt eine Rede über die Politik der Regierung mit vielen Zahlen und Statistiken, die sie in den Zeitungen gelesen hatte. Und sie sprach mit einer solchen Leidenschaft, daß die Patienten, die aus den Krankensälen herausgekommen waren und sich eng um sie drängten, um ihr zuzuhören, den ganzen Gang blockierten und am Ende alle zusammen frenetisch Beifall klatschten. Abgesehen von einigen Patienten aus der onkologischen Abteilung, die ihr auch die Hand geben wollten, um ihr zu ihrer schönen Rede über das Elend der Welt zu gratulieren. Da hatte die Herzspezialistin, ganz rot im Gesicht und aufgeregt duch den Beifall, keine Lust mehr, nach Hause zu gehen. Es war ihr nicht mehr danach, den Heiligen Abend mit ihrer wohlhabenden Familie zu verbringen, die sie als stinklangweilig empfand, angefangen bei ihrer verwitweten Mutter bis zu ihren zwei Schwestern, die mit reichen und dämlichen Individuen aus jenem trostlosen, wirtschaftlich hochentwickelten Städtchen verheiratet waren. Sie hatte dagegen Lust bekommen, mit einem alten politischen Kampfgenossen zu sprechen, mit einem von denen, die früher immer mit ihr zu den Massenkundgebungen gingen und Drohungen gegen die Regierung hinausbrüllten und die gewiß noch ihre rebellischen Gedanken teilten.

Was tat sie also? Sie rief auf der Stelle den oben genannten Fernsehdirektor an, ja, den Dicken mit dem hängenden Schnurrbart, denn ausgerechnet er war ein alter Kampfgenosse. Und der Zufall wollte, daß nie ein Anruf gelegener kam, das heißt, dem Gemütszustand des Angerufenen mehr entsprochen hätte. Genau in dem Augenblick nämlich fluchte der Fersehdirektor innerlich, weil er den Heiligen Abend, seine langweilige Frau, seine noch langweiligere Schwägerin und seine verblödete Schwiegermutter satt hatte, ganz zu schweigen von seinen heranwachsenden Söhnen, nicht besonders netten Gymnasiasten. Um mich kurz zu fassen und nicht zu viele Wörter zu vergeuden, sage ich jetzt nur, es passierte in jener berühmten Heiligen Nacht, daß die schöne Herzspezialistin und der dicke Direktor Hals über Kopf und mit einem Koffer in der Hand ihren jeweiligen Familien den Rücken kehrten und nach Bekanntgabe ihrer revolutionären Ideen die Tür zuknallten. Sie lebten von da an zusammen in einem Bauernhaus auf dem Land, vierzig Kilometer entfernt von dem wirtschaftlich hochentwickelten Städtchen, wo sie aber weiterhin arbeiteten.

In dem Bauernhaus lebten sie ungefähr vier Jahre, nach den Auskünften, die ich zusammengetragen habe. Offenbar war der dicke Direktor sehr verliebt in die Herzspezialistin, denn er betrachtete die unverhoffte Eroberung und das Leben mit ihr als den Höhepunkt seiner Karriere als Herzensbrecher. Um so mehr, als das ganze wirtschaftlich hochentwickelte Städtchen davon sprach und sein Ruhm als Herzensbrecher von Mund zu Mund flog. Sie war wirklich eine attraktive, große, schlanke Frau, hatte einen auffallenden Busen und ein auch in den Konturen klar gezeichnetes Gesicht. Sie hatte einen Pagenkopf, wie man gemeinhin sagt, mit einem kleinen Pony vorne, und sie war übrigens auch gut angezogen, gebildet und wurde von allen bewundert und von vielen umworben, wie ich schon sagte. Sie sprach mit umflorter Stimme, was sehr verführerisch klingt, wenn die Stimme in leisen Tönen schwingt, aber sich sofort schrill anhört, sobald sie aus schlechter Laune lauter wird. Und das fiel offenbar ihrem Gefährten auf die Nerven, vor allem wenn sie ihm Vorwürfe machte, wegen seiner Unordnung im Haus, seiner Schlamperei im Bad, wo er unter anderem nie die Strippe zog, wie es sich gehört.

Er war nämlich sehr schlampig und unordentlich, sie sehr beschäftigt im Krankenhaus. Also sah ihrer beider Wohnung in den Augen der Ärztin fast immer schmutzig und nicht vorzeigbar aus. Daher ihr schrilles Gekreisch und sein Gegrunze, daher der Zank und der Groll, die dann alltäglich, ununterbrochen und unausweichlich wurden. Und von einem bestimmten Augenblick an bewarfen die beiden einander mit Tellern, Gabeln, Messern und Löffeln, außerdem setzte es Fausthiebe und Ohrfeigen, vor allem verpaßte sie die Herzspezialistin dem weichlichen, fetten Gefährten mit hängendem Schnurrbart, der sich trotzdem immer noch für einen großen Herzensbrecher hielt.

Wie er später vielen Leuten gestand, hoffte er in der Nacht häufig, sie möge an einem plötzlichen Herzinfarkt sterben. Wenn er sie aber am Morgen so schön und attraktiv wiedersah, liebte er sie aufs neue und wollte sie besitzen, kaum daß er wach war, aber sie schickte ihn zum Teufel, weil sie es immer eilig hatte. Sie liebte ihn nicht und sagte es ihm freimütig jeden Morgen, damit es ihm einging und er sich nicht so viele Illusionen machte. Doch er konnte es einfach nicht glauben und dachte, es handle sich um eine weibliche Strategie, die sie anwendete, um ihn noch fester an sich zu binden. In Wirklichkeit paßten die beiden nicht zusammen, und allmählich begannen sie einander unverhohlen zu verachten, indem sie knurrten und fauchten wie Hund und Katze, kaum daß sie sich sahen.

Die Herzspezialistin behauptete, der Fernsehdirektor sei ein schamloser Karrieremacher, das heißt einer, der der Karriere halber bereit war, vor der ganzen Bagage, die uns verwaltet und regiert, den Kopf zu beugen. Doch der dicke Direktor betrachtete sich vor allem als einen großen Herzensbrecher, und an seine Karriere dachte er eigentlich selten. Jedenfalls dachte er viel weniger daran als die schöne Herzspezialistin, die an nichts anderes dachte und im Krankenhaus gut vorankam, wie ich höre, indem sie ihre weiblichen Reize einsetzte, denen kaum ein Mann widerstehen konnte.

Er war ein eifersüchtiger, sinnlicher Mann, sie eine praktische und willensstarke Frau in allem, was sie anfing. Wie hätten sie bei so verschiedener Veranlagung weiter miteinander leben sollen? Zuletzt war die Ärztin unter den ersten Kandidaten bei irgendwelchen Stellenausschreibungen, und sie wurde sogar stellvertretende Chefärztin im größten Krankenhaus des wirtschaftlich hochentwickelten Städtchens. Am Tag ihres Erfolgs wurde sie von allen hoch gelobt, alle Ärzte des Krankenhauses umwarben sie, alle bewunderten ihre blühende Schönheit. Doch der dicke Fernsehdirektor fühlte sich betrogen, weil sie mit ihrem rebellischen Gehabe besser Karriere gemacht hatte als er, indem sie vor der Bagage des lokalen Gesundheitswesens den Kopf beugte und womöglich auch mit dem einen oder anderen ins Bett ging, wie er in seiner Eifersucht dachte.

An dem Morgen, als es in ihrem Haus auf dem Land zur Krise kam, sagte der Direktor mit hängendem Schnurrbart seine Meinung frei heraus, während sie sich am Herd zu schaffen machte. Da drehte sich die schöne Herzspezialistin um und verpaßte ihm als einzige Antwort einen Fausthieb auf den Mund, aber so gut gezielt, daß sie ihm zwei Zähne ausschlug, genau gesagt zwei Schneidezähne. Der arme dicke Direktor spuckte seine Zähne in den Abfalleimer, ging ohne ein Wort seinen Koffer packen und kehrte zurück in die Stadt. Das heißt, er kehrte zurück zu seiner langweiligen Ehefrau, zu der langweiligen Schwägerin und der verblödeten Schwiegermutter, ganz zu schweigen von seinen Söhnen, den Gymnasiasten, die immer unverschämter und unsympathischer wurden.

Seitdem sind zwei Jahre vergangen, und jetzt werde ich erklären, was in der Zwischenzeit passiert ist. Als erstes vorneweg, der dicke Direktor machte keine Karriere mehr, er gab sogar seinen Posten bei dem lokalen Fernsehsender auf, weil er es nicht mehr aushielt, Tag für Tag seinen Kollegen und seinen Vorgesetzten, Mafiosen und Schmarotzern, ins Gesicht zu schauen. Darauf wurde er ein Faulenzer und Nichtstuer, der vom Geld seiner wohlhabenden Frau lebte, von dieser heftig beschimpft und von der verblödeten Schwiegermutter offen verachtet. Aber er war nicht viel zu Hause und hoffte, seine Frau möge an einem plötzlichen Herzinfarkt sterben, und mit dieser Hoffnung im Herzen war er, eher einem Penner ähnlich, den ganzen Tag unterwegs. Er strich in der Stadt herum und hielt sich lange in den öffentlichen Parkanlagen auf, wo er sich mit anderen Pennern, seinesgleichen, unterhielt, oder er hockte in den Kneipen, wo er rücksichtslos und haltlos trank.

Während sich der ehemalige dicke Fernsehdirektor von früh bis spät verwahrlost und zahnlos in den Straßen der Stadt herumtrieb, wollte er jedem seine traurige Geschichte mit der schönen Herzspezialistin erzählen. Er wollte genau erklären, was damals an dem Heiligen Abend und auch nachher vor sich gegangen war, als sie zusammen in dem Haus auf dem Land lebten. Aber immer ausgehend von der Geschichte des alten Bettlers Tugnin, der sagte, er habe mit Gott gesprochen, und öffentlich bekanntgegeben hatte, mit dem Paradies sei es vorbei.

Wer den ehemaligen Direktor gekannt hat, sagt, daß er an dieser Stelle immer erbärmlich mit den Armen herumfuchtelte und wie ein Besessener schrie: »Mit dem Paradies ist es vorbei, aus und vorbei, ihr werdet es noch alle zu spüren bekommen. Ich habe die Erfahrung schon gemacht und weiß es, aber es gibt viele, die es noch nicht wissen.« Und wenn dann Flüche aus seinem Mund kamen, sagte er, man müsse fluchen, denn wenn einer nicht fluche, dann heiße das, er würde nichts merken, wie seine Frau und seine Schwiegermutter: »Leute, die nichts sehen, die nur an ihre langweilige Gesundheit denken, den falschen Worten der Ärzte glauben und nicht merken, daß das Leben so infam geworden ist, daß man nur hoffen kann, man stirbt bald.«

Aber dieser gescheiterte und verzweifelte Mann hat nie die Gelegenheit bekommen, seine Geschichte ganz zu erzählen, weil er in dem Städtchen den Ruf eines unerträglichen Schwätzers hatte, und sobald er den Mund aufmachte, ließen ihn fast alle stehen und machten sich davon. Wenn zufällig doch noch jemand blieb, um ihm zuzuhören, dann verlor er sofort den Faden, ein unaufhörlicher Wortschwall kam aus seinem Mund, ein Genuschel gegen die Stadt, in der er zu seinem Unglück leben mußte. Er erklärte öffentlich, daß ihr wirtschaftlich hochentwickeltes Städtchen völlig in der Hand der mafiosen, unverschämten und ungläubigen Neureichen sei, die nur leben, um die anderen mit der Unverschämtheit des Geldes zu zermalmen. Aber andererseits sei ja die ganze Nation in der Hand dieser mafiosen, unverschämten, ungläubigen Neureichen, so abscheuliche Typen, wie sie im ganzen Lauf der italienischen Geschichte noch nie vorgekommen seien. Es sei auch nicht möglich, sie zu verjagen, weil nun schon alle im Stil der Mafiosen lebten, alle die unverschämten, ungläubigen Neureichen nachmachten, alle so sprachen und dachten wie sie.

Der ehemalige Direktor irrte durch die Straßen seiner Heimatstadt und träumte davon, daß ihm die Massen zuhörten und recht gaben, um dann öffentlich seine traurige Geschichte mit der Herzspezialistin zu erzählen, die ihm zwei Zähne ausgeschlagen hatte. Aber er fand nur wenige, die ihm zuhörten, und in letzter Zeit hatte er angefangen, in den öffentlichen Parkanlagen seine Reden vor den armen Emigranten aus Afrika zu halten, die auf den Straßen Feuerzeuge, Kettchen und kleine Statuen verkauften. Diesen obdachlosen Ausländern verkündete er, daß die italienische Nation nun schon ein so verdorbenes Gemüt und ein so verblödetes Hirn habe, daß sie hier nichts Gutes zu erwarten hätten, sondern nur Demütigungen unter diesen unverschämten, ungläubigen Neureichen, die alles beherrschten.

Er redete und redete stundenlang, und seine Zuhörer waren diese Ausländer, die sich in den öffentlichen Parkanlagen ausruhten und an seinen Worten nicht besonders interessiert waren. Der ehemalige

Direktor kam in Fahrt, wenn er sich auf eine Parkbank stellte und wie ein politischer Redner schrie, aber dann fiel er vor Müdigkeit unvermittelt um und begann auf derselben Parkbank zu schnarchen. Und vielleicht fand er in diesem Schlaf endlich Frieden, nachdem er sich Luft gemacht hatte. Und ich glaube, er träumte, daß er großen Menschenmassen sein Unglück verkündete und dann als Antwort auf den Beifall, den dröhnenden Beifall der Massen von Versagern, seinesgleichen, hörte, die ihm alle recht gaben. Aber sein Traum konnte nicht in Erfüllung gehen, obwohl er ihn wahrscheinlich bis an die Schwelle der Ewigkeit begleitete. Dieser Mann hielt nämlich die Last des infamen Lebens nicht mehr lange aus, und nachdem er vergeblich, aber inständig gehofft hatte, seine Frau möge nachts an einem plötzlichen Infarkt sterben, kam ein plötzlicher Infarkt am hellen Tag, um ihn von seinem Unglück zu befreien, als er sich auf einer Bank in den öffentlichen Parkanlagen ausgestreckt hatte.

So endete einer, der protestierte, in dem wirtschaftlich hochentwickelten Städtchen. Niemand störte ihn je beim Protestieren, man ließ ihn sagen, was er wollte. Es gingen ihm nur alle aus dem Weg, weil sie dachten, er sage verrücktes Zeug, und den Reden eines Versagers keinen Glauben schenkten. Aber der Leser muß sich immer wieder vergegenwärtigen, daß diese Geschichte hundertprozentig wahr ist, angefangen bei dem Delirium des Bettlers Tugnin am Heiligen Abend. Und viele können bezeugen, daß sich alles genau so abgespielt hat, wie ich es in dieser Erzählung dargestellt habe, der jetzt nur noch der Schluß fehlt, den ich gleich erzähle.

Wie man sich erinnern wird, stellte sich die Herzspezialistin an dem berühmten Heiligen Abend mit einer politischen Krankenhausrede vor die Fernsehkamera, umgeben von Kranken aus vielen Abteilungen, die ihr Beifall klatschten. Aber während sie sich beim Reden ereiferte, scheint der arme Bettler Tugnin leise zu ihr gesagt zu haben: »Entschuldigen Sie, aber ich muß gehen, es ist nämlich schon spät.« Dann soll er schwankend, aber im Laufschritt in Schlafanzug und Pantoffeln weggelaufen und hinter der Glastür verschwunden sein, die auf die große Eingangstreppe des Krankenhauses führt. Erst zehn Minuten später waren ihm zwei Pfleger außerhalb der Abteilung gefolgt und hatten es geschafft, ihn aufzuhalten, als er schon am Ausgang war und gerade auf die Straße hinauswollte. Aber da fing er an, ungeheuer herumzuschlagen und zu fluchen, und sagte, sie sollten ihn gehen lassen, weil auf der Straße die Engel auf ihn warteten, und er verfluchte die ganze infame Nation der Italiener, weil sie schuld war, daß er seine Verabredung mit den Engeln versäumte.

Mit Gewalt in seine Abteilung zurückgebracht und ins Bett gelegt, hob er zu langen Vorhaltungen im Dialekt an, die zusammengefaßt und übersetzt ungefähr so lauteten: »Euch soll alle der Schlag treffen, ihr verfluchte Bande, ihr infamen Italiener, euretwegen hat der arme Tugnin schon ein schlechtes Leben gehabt, und euretwegen versäumt er jetzt seine Verabredung mit den Engeln. Seid alle verflucht, und verflucht seien eure widerlichen Autos, eure Nutten von Ehefrauen und euer ekeliges Geld, und alles, was ihr eßt, soll euch in der Gurgel steckenbleiben. Und verflucht seien alle, die diese widerlichen Häuser bauen, nur um Geld zu machen, und verflucht sei diese ganze Stadt mit ihren Mafiosen und Arschlöchern, die nur am Geld kleben, und die Ärzte, die die Kranken nur pro forma behandeln, um Geld zu machen, die schuld sind, daß der arme

Tugnin jetzt im Krankenhaus sterben muß, das ist gemein, eine Gemeinheit ist das!«

Als die drei Aushilfskräfte mit der Fernsehkamera diesen Aufruhr hörten, stürzten sie in den Saal und sahen, daß Tugnin von drei Pflegern im Bett festgehalten wurde, wo er seine gewaltigen Verfluchungen nur mehr mit schwacher Stimme aussprach. Aber sowie er fertig war, versuchte er nicht mehr, sich loszumachen, und er fiel verzweifelt und gebrochen mit dem Kopf auf das Kissen. Da begann er zu weinen und viele Tränen zu vergießen, und der ganze Saal war wach und hörte zu, wie er weinte. Tugnin weinte und weinte im Krankenhausbett, weil er nicht im Krankenhaus sterben wollte, und hin und wieder schaute er die drei mit der Fernsehkamera an und flehte, sie sollten ihn nicht im Fernsehen bringen. Denn, so sagte er, nachdem er schon das Unglück hatte, in einem Krankenhaus sterben zu müssen, wollte er nicht auch als Arschloch dastehen, wie alle, die im Fernsehen kommen.

Jetzt hörten alle im Saal und auf dem Korridor seiner Klage zu, und alle wußten, daß er weinte, weil er sich einsam fühlte, weil es ihn fror, weil es draußen regnete, weil es dunkel war, weil er sterben mußte, aber vor allem weil er seine Verabredung mit den Engeln versäumt hatte. Und durch seine lange Klage hatte sich in alle Säle eine solche Schwermut eingeschlichen, daß zum Beispiel die Pfleger keine Lust mehr hatten, nach Hause zu gehen, sondern alle dablieben und dachten, wie scheußlich es sei, im Krankenhaus zu sterben, anstatt ins Freie hinauszugehen und auf der Straße die Engel zu erwarten. Und einige Kranke aus der kardiologischen Abteilung wollten sofort weggehen, denn sie sagten, es wäre besser, auf der Straße an einem Infarkt zu sterben, als im Krankenhaus wie

Insekten zu überleben. Und einige Kranke der onkologischen Abteilung machten folgende erste Bemerkungen: »Ach, das wäre ein schöner Tod. Ins Freie hinausgehen und auf die Engel warten, die dann kommen und zu dir sagen: Jetzt sind wir da, hab keine Angst, wenn du willst, kannst du mit uns noch eine Reise um die Welt machen, bevor wir dich mitnehmen.«

Als es Tag wurde, schlief Tugnin endlich ein, und am Vormittag starb er im Schlaf. Die drei Aushilfskräfte mit der Fernsehkamera machten kein einziges Bild, das man bei dem lokalen Fernsehen für zeigenswert gehalten hätte, und so wurden sie in dem wirtschaftlich hochentwickelten Städtchen wieder so arbeitslos wie zuvor. Aber einer der drei, genauer gesagt das Mädchen mit dem krausen Haar, erzählte eines Abends einigen Freunden, die sie bei sich zu Hause versammelt hatte, diese Geschichte. Sie wollte diese Geschichte erzählen, zum Gedenken an den Tod des armen Tugnin und an seine große Hoffnung, den Engeln oder womöglich Gott selbst zu begegnen, draußen in der kühlen Nachtluft.

Zu den Autoren und Quellen

STEFANO BENNI, geboren 1947 in Bologna. Einer der meistgelesenen zeitgenössischen Autoren Italiens. Seine Bücher sind in viele Sprachen übersetzt.
Weihnachten 1955 (Natale 1955), Ausschnitt aus: »La traccia dell' angelo«, © 2011 Sellerio editore, Palermo. – Übersetzt von Mirjam Bitter.

VITALIANO BRANCATI, geboren 1907 in Pachino (Siracusa), starb 1954 in Turin. Schriftsteller und Drehbuchautor.
Ein ›fortschrittlicher Mann‹ bei der Mitternachtsmesse (Un ›uomo evoluto‹ alla messa di mezzanotte), aus: »Walzertraum« (bzw. »Racconti, teatro, scritti giornalistici«), © 2003 Arnoldo Mondadori Editore S.p.A., Milano, © 1990 für die deutsche Übersetzung Diogenes Verlag AG, Zürich. – Übersetzt von Linde Birk.

DINO BUZZATI, geboren 1906 in San Pellegrino bei Belluno, starb 1972 in Mailand. Schriftsteller und Journalist. Er arbeitete als Redakteur und Korrespondent für den *Corriere della Sera.*
Das seltsame Weihnachtsfest des Mr. Scrooge (Lo strano Natale di Mr. Scrooge), aus: »Il Panettone non bastò«, © Dino Buzzati Estate. All rights reserved. Published in Italy by Arnoldo Mondadori Editore, Milano 2004. – Übersetzt von Syme Falco.

ITALO CALVINO, geboren 1923 in Santiago de las Vegas (Kuba), wuchs in San Remo auf und starb 1985 in Siena. Er arbeitete viele Jahre als Lektor des Verlages Einaudi in Turin und ist einer der international bekanntesten italienischen Autoren.
Die Kinder des Weihnachtsmanns (I figli di Babbo Natale), aus: »Marcovaldo oder die Jahreszeiten in der Stadt / Der Tag

eines Wahlhelfers« (»Marcovaldo ovvero le stagioni in città«), © 1988 Carl Hanser Verlag, München. – Übersetzt von Heinz Riedt.

ANDREA CAMILLERI, geboren 1925 in Porto Empedocle (Agrigento), lebt in Rom. Schriftsteller, Theaterregisseur und Erfinder des Commissario Montalbano.
Und das Rentier nahm den Weihnachtsmann auf die Hörner (E la renna incornò Babbo Natale), aus: »Neuigkeiten aus dem Paradies« (»Racconti quotidiani«), © 2005 Verlagsgruppe Lübbe GmbH & Co. KG, Bergisch Gladbach. – Übersetzt von Christiane v. Bechtolsheim.

ERMANNO CAVAZZONI, geboren 1947 in Reggio Emilia, lebt in Bologna. Schriftsteller, Übersetzer, Hörspiel- und Drehbuchautor.
Die Heiligen Drei Könige (I re magi), aus: »Kurze Lebensläufe der Idioten« (»Vite brevi di idioti«), © 1994 Verlag Klaus Wagenbach, Berlin. – Übersetzt von Marianne Schneider.

GIANNI CELATI, geboren 1937 in Sondrio, lebt heute in Brighton, England, und Bologna. Schriftsteller und Übersetzer.
Mit dem Paradies ist es vorbei (Non c'è più paradiso), aus: »Cinema naturale«, © 2001 Verlag Klaus Wagenbach, Berlin. – Übersetzt von Marianne Schneider.

LUCIANO DE CRESCENZO, geboren 1928 in Neapel, wo er auch lebt, ist Schriftsteller, Drehbuchautor und Regisseur.
Krippenliebhaber und Baumliebhaber (gekürzte Fassung von *Der Professor*), aus: »Also sprach Bellavista« (»Così parlò Bellavista«), © 1986 Diogenes Verlag AG, Zürich. – Übersetzt von Linde Birk.

NATALIA GINZBURG, geboren 1916 in Palermo, aufgewachsen in Turin, starb 1991 in Rom. Sie war eine der bedeutendsten italienischen Autorinnen des 20. Jahrhunderts und von 1983 bis 1987 Parlamentsabgeordnete.
Winter in den Abruzzen (Inverno in Abruzzo), aus: »Die kleinen Tugenden« (»Le piccole virtù«), © 1989 Verlag Klaus Wagenbach, Berlin. – Übersetzt von Hedwig Kehrli und Alice Vollenweider.

LUIGI MALERBA, geboren 1927 in Berceto bei Parma, lebt in Rom und Orvieto. Schriftsteller, Hörspiel- und Drehbuchautor. Er starb 2008 in Rom.
Gold, Weihrauch und Myrrhe (Oro incenso e mirra), aus: »Ti saluto filosofia«, © 2004 Arnoldo Mondadori Editore S.p.A., Milano. – Übersetzt von Marianne Schneider.

LAURA MANCINELLI, geboren 1933 in Udine. Literaturwissenschaftlerin und Schriftstellerin. 1994 mußte sie wegen multipler Sklerose ihre Lehrtätigkeit an der Universität in Turin aufgeben. Sie starb 2016 in Turin.
Die Inselmusik (La musica dell'isola), © 2000 Interlinea S.r.l. Edizioni, Novara. – Übersetzt von Michela Barthelmeus.

GIORGIO MANGANELLI, geboren 1922 in Mailand, starb 1990 in Rom. Schriftsteller, Literaturwissenschaftler und Übersetzer.
Die Krippe (Il presepio), aus »Il presepio«, © 1992 Adelphi Edizioni S.p.A., Milano. – Übersetzt von Marianne Schneider.

ALBERTO MORAVIA, geboren 1907 in Rom, starb dort 1990. Nach der Befreiung war er politisch und literarisch eine der wichtigsten und einflußreichsten Persönlichkeiten Italiens.
Der Weihnachtstruthahn (Il tacchino di natale), aus: »L'epedemia: Racconti surrealisti e satirici«, © 1956 Bompiani, RCS Libri S.p.A., Milano – Übersetzt von Marianne Schneider.

LEONARDO SCIASCIA, geboren 1921 in Racalmuto (Sizilien), gestorben 1989 in Palermo. Schriftsteller und Essayist. Er war Lehrer, später KPI-Stadtrat von Palermo und Parlamentsabgeordneter der Radikalen Partei.
Weihnachten im Schnee (Episoden aus *Schnee, Weihnachten*), aus: »Salz, Messer und Brot. Sizilianische Geschichten« (»Le parrocchie di Regalpetra«), © 2002 Paul Zsolnay Verlag, Wien. – Übersetzt von Sigrid Vagt.

MARIO SOLDATI, geboren 1906 in Turin, starb 1999 in Tellaro. Schriftsteller, Drehbuchautor und Regisseur.
Täuschung und Gewißheit (L'inganno e la certezza), aus: »44 novelle per l'estate«, © 1979 Arnoldo Mondadori Editore S.p.A., Milano. – Übersetzt von Mirjam Bitter.

FRANCO STELZER, geboren 1956 in Trento, wo er auch heute lebt. Schriftsteller und Übersetzer.
Das erste Weihnachten ohne meine Mutter, aus: »Das erste, merkwürdige, feierliche Weihnachten ohne sie« (»Il nostro primo, solenne, stranissimo Natale senza di lei«), © 2004 Verlag Klaus Wagenbach, Berlin. – Übersetzt von Marianne Schneider.

SEBASTIANO VASSALLI, geboren 1941 in Genua, aufgewachsen in Novara. Schriftsteller und Maler, Kolumnist für den *Corriere della Sera*. Er starb 2015 in Casale Monferrato.
Der Weihnachtsroboter (Il robot di Natale), aus: »Il robot di Natale e altri racconti«, © 2006 Interlinea S.r.l. Edizioni, Novara [Der Text erschien unter dem Titel ›Quel desiderio che ci spinge a cercare compagnia‹ (Diese Sehnsucht, die uns nach Gesellschaft suchen läßt) im *Corriere della Sera* am 21. Dezember 2003]. – Übersetzt von Mirjam Bitter.

Der Herausgeber dankt Mirjam Bitter für ihre freundliche Hilfe sowie allen Rechteinhabern für die freundliche Druckgenehmigung.

Italien – von Klaus Wagenbach vorgestellt

Mein Italien, kreuz und quer

Klaus Wagenbach, ein großer Kenner und *appassionato* Italiens seit über 50 Jahren, hat das Land und seine Literatur besichtigt. Entstanden ist eine vielseitige Liebeserklärung: Italienische Schriftsteller erzählen von ihrem Land, seinen Städten und Landschaften, Sitten und Gebräuchen und immer wieder von seinen Bewohnern.

WAT 559. 384 Seiten

Nach Italien

Eine Hand- und Kopfreichung für den Reisenden, der mit guten Vorsätzen, aber wenig Kenntnissen ins Land der Zitronen fährt.

»Literarische Anthologie, kleine italienische Kunstgeschichte, historischer Abriss, gesellschaftspsychologische Studie, Reiseführer und kulinarisches Vademekum: Dieses handliche Büchlein ist all das zugleich. Es ist ein Buch, das schmunzeln lässt, belehrt und neugierig macht, das Sehnsucht nach Italien weckt, aber auch zu stillen weiss.« FAZ

SVLTO. Rotes Leinen. Fadengeheftet. 144 Seiten

Italienische Liebesgeschichten

Der Band mit Erzählungen der bedeutendsten italienischen Autoren der Gegenwart beweist, wie unbestritten die Liebe das Leben in Italien bestimmt, wie sehr ihre Absurditäten belacht, erlitten und gefeiert werden – die Geschichten zeigen aber auch, wie heftig die Liebe oft mit bürgerlichen Vorstellungen oder Einrichtungen aneinandergerät.

SVLTO. Rotes Leinen. Fadengeheftet. 144 Seiten

Andrea Camilleri Italienische Verhältnisse

Andrea Camilleri als feiner Beobachter italienischer Sitten und Zustände. Klaus Wagenbach hat die Satiren, Betrachtungen und öffentliche Polemiken für diesen Band zusammengestellt.

Aus dem Italienischen von Friederike Hausmann und Moshe Kahn
WAT 524. 144 Seiten

Und wie feiern die Franzosen Weihnachten?

Herausgegeben von Annette Wassermann
SVLTO. Rotes Leinen. Fadengeheftet. 144 Seiten

Geschichten von magischen Geschenken und geplatzten Überraschungen, von Familienzwist und Ehedramen, von ausufernden »dîners en famille«, nachtaktiven bretonischen Weihnachtsfeen und den legendären dreizehn Weihnachtsdesserts aus der Provence!

Mit Texten von Olivier Adam, Colette, Marie Darrieussecq, Michel Houellebecq, Marcel Pagnol, Leïla Slimani, Michel Tournier, Tanguy Viel und vielen anderen.

Mit einem SVLTO nach Italien

Leonardo Sciascia Mein Sizilien

In seinen wunderbaren Miniaturen über »das Sizilianische« kritisiert Leonardo Sciascia seine Insel und verehrt sie zugleich, wie es sich für einen wahren Liebhaber gehört.

Aus dem Italienischen von Martina Kempter und Sigrid Vagt
SVLTO. Rotes Leinen. Fadengeheftet. 144 Seiten

Luigi Malerba Die nachdenklichen Hühner

Mit seinen Geschichten aus dem Alltag des Hühnerhofs ist dem großen Ironiker Luigi Malerba ein riskantes, gelassenes, ziemlich zutreffendes Bild der Menschen und ihrer Illusionen wie auch Verschrobenheiten gelungen.

Aus dem Italienischen von Iris Schnebel-Kaschnitz und Elke Wehr
SVLTO. Rotes Leinen. Fadengeheftet. 88 Seiten
Mit Zeichnungen von Lena Ellermann

Alberto Moravia Ach, die Frauen

Eine Auswahl aus über dreihundert Erzählungen, die Moravia als legitimen Nachfahr der italienischen Novellisten zeigt: Was zählt, ist die Liebe. Wie gewinnt man sie, wie verteidigt man sie, wie geht sie verloren?

SVLTO. Rotes Leinen. Fadengeheftet. 144 Seiten

Mario Soldati Die Fälle des Maresciallo

Arnaudi erzählt die verwunderlichsten Fälle aus seinem langen Kommissarleben. Und Mario Soldati, einer der großen italienischen Klassiker, hat sie aufgeschrieben.

Aus dem Italienischen von Catherine Rückert
SVLTO. Rotes Leinen. Fadengeheftet. 120 Seiten

Wenn Sie mehr über den Verlag und seine Bücher wissen möchten, schreiben Sie uns eine Postkarte oder elektronische Nachricht (mit Anschrift und E-Mail). Wir informieren Sie dann regelmäßig über unser Programm und unsere Veranstaltungen.

Verlag Klaus Wagenbach Emser Straße 40/41 10719 Berlin
www.wagenbach.de

Italienische Weihnachten erschien zunächst als WAT 572 und im Herbst 2016 als 223. *SVLTO.*

2. Auflage im *SVLTO* 2019.

© 2007, 2016 Verlag Klaus Wagenbach
Emser Str. 40/41 10719 Berlin www.wagenbach.de

Wir bedanken uns bei den Autoren und Verlagen für die freundliche Genehmigung zum Abdruck (siehe Autoren- und Quellenverzeichnis auf Seite 137ff.). Umschlaggestaltung Julie August unter Verwendung einer Fotografie © Enzo D./gettyimages. Gesetzt aus der Bembo. Vorsatzpapier von peyer graphic, Leonberg. Leinen von Gebr. Schabert, Strullendorf. Gedruckt auf Schleipen bei Kösel, Krugzell. Printed in Germany. Alle Rechte vorbehalten.

ISBN 978 3 8031 1322 1

9 783803 113221

18,-